群山的影子

吉狄马加 著

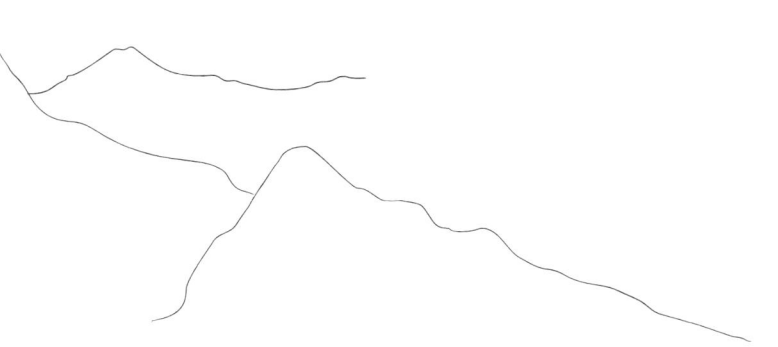

长江出版传媒
长江文艺出版社

吉狄马加近照

回答

你還記得
那條通向古勒市的六十路嗎？
一個誠實的商人
她對我說：
我的浪花打走了
快来帮我找我
（我找遍了那條六十路）

你還記得
那條通向吉勒市的六十路嗎？
一个沉重的商人
我对她说：

那深深地插在我心上的
不就是你的浪花針嗎？
（她感动地哭了）

诗人之死

对我们古老的枷锁而言，
诗人遭遇的死亡与英雄的牺牲
并没有什么显而易见的差别，
只是这一发现，在今天才被我们说出。
你存在过，你的诗被吟唱过，
还有什么比这一切更重要。
我看见了空的马鞍和梯子，
已经在你的脚下。
兄弟，出发吧！
紧紧地抓住鹰翅，迎着太阳，
诗人只能选择这样的方式。

吉狄马加手稿

用诗歌打开希望之门

[葡萄牙] 努诺·朱迪斯

姚风 译

吉狄马加1961年出生于四川一个古老的彝族家庭。这一出身至关重要，当我们阅读他的诗歌，总会听到来自彝族古老民间传统的回声，他是在这些传统中耳濡目染长大的。尽管他后来完成了大学学业，同时从世界其他诗人那里汲取了营养，但是他从来没有摒弃这一神秘的源头，这在他少年时便筑建了他的想象空间，也构成他诗歌创作的基石。我们可以称之为史诗的基石，这一点与聂鲁达的《漫歌集》有相似之处。

吉狄马加寻找以其民族的古老信仰为根基的叙说，并将它纳入一种全球化的视野之中，这一视野让他把当今世界发生的事件与历史对接，在某种意义上，历史总会提供最新的参照，让人类进行反思。

诗歌，如果说不是一种治疗的话，那么可以替代为一种姑息疗法，在古代它等同于宗教。如同在他写给父亲的挽歌中，我们看到诗人在另一个世界旅行，寻觅一种可以对等荷马或者维吉尔的诗歌所蕴含的内核。与其说这是一种在神圣的程序中业已衰微的仪式，不如说是与家族的幽魂重新相聚，这些幽魂收留了绝望的生者，给他们以忠告和庇护。诗人所呈现的并不是一种非理性的信仰，而是从呈现一个失去自信的世界开始，给我们指出一条心灵之路，最终抵达光芒，从而打开一个从可以解释走向不可解释的世界。

吉狄马加试图以诗歌为集体代言，他置身于其诗歌辽阔的空间之中，但并没有重拾旧有的诗歌模式，而是自然地吸收了让惠特曼或《使命》的作者佩索阿成为他们那个年代的预言家的语言。他没有描画乌托邦的场景，在这个世纪，人们曾盲目地相信崭新世界的到来，但这一诺言已难以实现，而人类还没有找到出路，或许最好不要急于找到，因为我们知道美好的意图常常事与愿违，最终酿成杀戮和灾难。

在诗人的笔下，我们的星球已被撕裂，因此他描绘了一种负面的力量，它把人类引向了猜疑和绝望的境地。因此他呼吁以美来抵消负面的力量，诗歌创作本身自有其美，同时也蕴含着明亮的指向，它总会让生命化为战胜死亡这关键一步的动力，但人类只有携手并肩方可迈出这一步。

吉狄马加是当今中国最有代表性的诗人之一，他以特有的方式向我们打开了他的诗歌之门，从而让我们听到这种声音所具有的创造性和独特性。

作者简介：努诺·朱迪斯是葡萄牙著名诗人、作家、小说家和教授，于2013年获得西班牙索非亚皇后伊比利亚美洲诗歌奖。该奖项由西班牙国家遗产和萨拉曼卡大学授予。在第49届法兰克福书展上，他担任"作为乡村主题的葡萄牙"这个文学领域的高级代表。他的作品曾在西班牙、意大利、墨西哥、法国翻译出版。

目 录

回答 001
"睡"的和弦 002
彝人谈火 004
口弦的自白 005
民歌 007
反差 008
死去的斗牛 009
黑色河流 011
古老的土地 013
彝人之歌 015
感谢一条河流 017
我愿 018
致自己 020
听《送魂经》 021
理解 022
失去的传统 024
古里拉达的岩羊 025
部落的节奏 027

029 感受

030 土地

032 回忆的歌谣

034 岩石

035 群山的影子

036 故土的神灵

037 日子

038 消隐的片断

040 山中

041 在远方

043 苦荞麦

044 被埋葬的词

045 追念

046 看不见的人

048 毕摩的声音

049 骑手

050 寄山里的少女

052 初恋

054 星回节的祝愿

056 依玛尔博

058 含义

059 黄昏的怀想

060 秋天的肖像

布拖女郎 062

往事 064

题辞 066

远山 068

彝人梦见的颜色 070

夜 072

看不见的波动 074

只因为 076

太阳 078

灵魂的住址 079

致布拖少女 080

永恒的宣言 082

孩子和猎人的背 083

猎人的路 085

爱的渴望 087

最后的传说 088

鹰爪杯 090

英雄结和猎人 091

黄昏 093

泸沽湖 095

朵洛荷舞 097

盼 098

史诗和人 099

101 失落的火镰

103 沙洛河

104 达基沙洛故乡

105 如果

106 猎枪

107 关于爱情

108 生活

109 被出卖的猎狗

110 老人与布谷鸟

112 火神

113 老歌手

114 老人谣

116 色素

118 不是

119 假如

120 隐没的头

121 黄色始终是美丽的

122 有人问……

123 爱

124 我想对你说

126 宁静

128 山羊

129 陌生人

致萨瓦多尔·夸西莫多的敌人　131

信　132

秋日　133

吉卜赛人　134

狮子山上的禅寺　135

秋天的眼睛　137

献给痛苦的颂歌　138

这个世界的欢迎词　139

酒的怀念　140

西藏的狗　141

八角街　142

最后的酒徒　143

最后的礁石　144

天涯海角　146

土墙　147

献给土著民族的颂歌　148

欧姬芙的家园　150

想念青春　151

感恩大地　153

我爱她们　155

自由　156

献给1987　157

我听说　158

160　记忆中的小火车

162　地中海

163　罗马的太阳

165　南方

167　在这样的时刻

168　科洛希姆斗兽场

170　岛

171　水和玻璃的威尼斯

172　访但丁

173　头发

175　河流的儿子

177　意大利

179　无题

180　但是……

182　或许我从未忘记过

184　致他们

185　我曾经……

187　水和生命的发现

188　骆驼泉

189　蒂亚瓦纳科

191　面具

193　祖国

194　脸庞

真相 195
玫瑰祖母 196
因为我曾梦想 198
木兰 199
羊驼 201
时间的流程 202
孔多尔神鹰 203
康杜塔花 204
火塘闪着微暗的火 205
身份 207
火焰与词语 209
勿需让你原谅 211
朱塞培·翁加雷蒂的诗 213
吉勒布特的树 215
这个世界的旅行者 217
墓地上 219
沉默 221
诗歌的起源 223
雪豹 225
穿过时间的河流 227
影子 228
写给母亲 229
追问 230

231 不死的缪斯

232 无题

233 口弦

235 移动的棋子

237 致尤若夫·阿蒂拉

239 重新诞生的莱茵河

241 如果我死了……

243 巨石上的痕迹

245 拉姆措湖的反光

247 致酒

249 我接受这样的指令

250 契约

251 鹰的葬礼

252 盲人

253 铜像

254 黑色

255 博格达峰的雪

256 刺穿的心脏

258 致叶夫图申科

259 没有告诉我

260 当死亡正在来临

261 故土

262 记忆的片段

生与死的幕布 263
命运 264
墓前的白石 265
迎接了死亡 266
这是我预订的灵床 267
回忆的权利 268
我不会后退 269
等我回家的人 270
妈妈是一只鸟 271
妈妈的手 272
摇篮曲 273
山泉 274
黑色的辫子 275
母语 276
故乡的风 277
隐形的主人 278
肉体与灵魂 279
悬崖的边缘 280
从摇篮到坟墓 281
致西湖 283
梦的重量 285
对我们而言 287
双重意义 288

290　在尼基塔·斯特内斯库的墓地

291　写给我在海尔库拉内的雕像

293　运河

295　口弦的力量

296　叫不出名字的人

298　一个人的克智

299　致尼卡诺尔·帕拉

301　商丘，没有结束的

303　但我的歌唱却只奉献给短暂的生命

304　而我们……

306　诗歌的秘语……

308　暮年的诗人

310　致父辈们

312　姐姐的披毡

313　口弦大师

314　尼子马列的废墟

316　我曾看见……

317　诗人

319　犹太人的墓地

321　何塞·马里亚·阿格达斯

324　悼胡安·赫尔曼

325　自由的另一种解释

326　又一个春天

马勺　328

时间之外的马车　330

石头　332

大地上的火塘　334

吉勒布特谣　336

童年的衣裳　338

甘嫫阿妞　340

诗人之死　342

火焰　343

绝不会改变　345

湖　346

蓝色　347

酋长　350

吉狄马加文学年表　352

回　答

你还记得
那条通向吉勒布特①的小路吗？
一个流蜜的黄昏
她对我说：
我的绣花针丢了
快来帮我寻找
（我找遍了那条小路）

你还记得
那条通向吉勒布特的小路吗？
一个沉重的黄昏
我对她说：
那深深插在我心上的
不就是你的绣花针吗？
（她感动地哭了）

---

① 吉勒布特：凉山彝族腹心地带一地名。

"睡"的和弦

如果森林是一片郁郁的海
他就沉沉地浮起
呼吸在海岸线上
小屋像一只船
搁浅在森林的最南方
搁浅在平原的最北方
抛锚在一个大港湾
猎狗弓着背打盹
为火塘以外的夜,画一个温热的
起伏的问号
他睡在那间
有女人的头发味和孩子的
奶香味的小屋里
那梦境似流水,诡秘地卷过
他朦胧的头顶
白日里那只母鹿漂亮的影子
刚从这里飘走
他开始追寻,肩上落满了
好多秋天的黄金叶
他没有开枪。他看见那只母鹿
在一座中国西南的山上跳舞

于是他也想跳
但妻子枕着他的左臂
孩子枕着他的右臂
这是两个小港湾
他好像只能用神思
吹着悠扬的口哨
走往日猎人那种细碎步
一首不尽的森林小夜曲
便从他的额头上悄悄滑过

彝人谈火

给我们血液,给我们土地
你比人类古老的历史还要漫长
给我们启示,给我们慰藉
让子孙在冥冥中,看见祖先的模样
你施以温情,你抚爱生命
让我们感受仁慈,理解善良
你保护着我们的自尊
免遭他人的伤害
你是禁忌,你是召唤,你是梦想
给我们无限的欢乐
让我们尽情地歌唱
当我们离开这个人世
你不会流露出丝毫的悲伤
然而无论贫穷,还是富有
你都会为我们的灵魂
穿上永恒的衣裳

口弦①的自白

我是口弦
永远挂在她的胸前
从美妙的少女时光
到寂寞的老年
我是口弦
命运让我
睡在她心房的旁边
她通过我
把忧伤和欢乐
倾诉给黑暗
我是口弦
要是她真的
溘然离开这个人世
我也要陪伴着她
最终把自己的一切
拌和在冰冷的泥土里面
但是——兄弟啊——在漆黑的夜半
如果你感受到了

---

① 口弦：一种特殊的口琴，用三片黄铜制成，形状像鱼或蜻蜓的翅膀。

这块土地的悲哀
那就是我还在思念

民　歌

赶场的人们回家了
可是我的诗没有归来
有人曾看见它
带着金色的口弦
在黄昏路口的屋檐下
喝醉了酒
沮丧徘徊

坡上的羊儿进圈了
可是我的诗没有归来
领头羊曾看见它
在太阳沉落的时候
望着流血的山冈
欲哭无泪
独自伤感

四邻的乡亲都安睡了
可是我的诗没有归来
一个人坐在门前等待
这样的夜晚谁能忘怀?!

反　差

我没有目的

突然太阳在我的背后
预示着某种危险

我看见另一个我
穿过夜色和时间的头顶
吮吸苦荞的阴凉
我看见我的手不在这里
它在大地黑色的深处
高举着骨质的花朵
让仪式中的部族
召唤先祖们的灵魂

我看见一堵墙在阳光下古老
所有的谚语被埋进了酒中
我看见当音乐的节奏爬满羊皮
一个歌手用他飘忽着火焰的舌头
寻找超现实的土壤

我不在这里，因为还有另一个我
在朝着相反的方向走去

死去的斗牛
——大凉山斗牛的故事之二

你尽可以把他消灭掉,可就是打不败他。
——欧内斯特·海明威

在一个人们
熟睡的深夜
它有气无力地躺在牛栏里
等待着那死亡的来临
一双微睁着的眼
充满了哀伤和绝望

但就在这时它仿佛听见
在那远方的原野上
在那昔日的斗牛场
有一条强壮的斗牛向它呼叫
用挑战的口气
喊着它早已被遗忘的名字
戏弄着它,侮辱着它,咒骂着它
也就在这瞬间,它感到
有一种野性的刺激在燃烧

于是，它疯狂地向那熟悉的原野奔去
就在它冲去的地方
栅栏发出垮掉的声音
小树发出断裂的声音
岩石发出撞击的声音
土地发出刺破的声音

当太阳升起的时候
在多雾的早晨
人们发现那条斗牛死了
在那昔日的斗牛场
它的角深深地扎进了泥土
全身就像被刀砍过的一样
只是它的那双还睁着的眼睛
流露出一种高傲而满足的微笑

黑色河流

——兰斯顿·休斯①给了我一种吟唱的方式,而我呈现给世界的却是一个属于自己的有关死亡的独白。

我了解葬礼,

我了解大山里彝人古老的葬礼。

(在一条黑色的河流上,

人性的眼睛闪着黄金的光。)

我看见人的河流,正从山谷中悄悄穿过。

我看见人的河流,正漾起那悲哀的微波。

沉沉地穿越这冷暖的人间,

沉沉地穿越这神奇的世界。

我看见人的河流,汇聚成海洋,

在死亡的身边喧响,祖先的图腾被幻想在天上。

我看见送葬的人,灵魂像梦一样,

在那火枪的召唤声里,幻化出原始美的衣裳。

我看见死去的人,像大山那样安详,

在一千双手的爱抚下,听友情歌唱忧伤。

---

① 兰斯顿·休斯(1902—1967):美国现代著名诗人,被誉为"黑人民族的桂冠诗人"。

我了解葬礼,

我了解大山里彝人古老的葬礼。

(在一条黑色的河流上,

人性的眼睛闪着黄金的光。)

古老的土地

我站在凉山群山护卫的山野上,
脚下是一片神奇的土地。
这是一片埋下了祖先头颅的土地。

古老的土地,
比历史更悠久的土地,
世上不知有多少这样古老的土地。

我仿佛看见成群的印第安人,
在南美的草原上追逐鹿群,
他们的孩子在土地上安然睡去,
独有那些棕榈在和少女们私语。
我仿佛看见黑人,那些黑色的兄弟,
正踩着非洲沉沉的身躯,
他们的脚踏响了土地,
那是一片非洲鼓一般的土地,
那是和他们的皮肤一样黝黑的土地,
眼里流出一个鲜红的黎明。

我仿佛看见埃塞俄比亚,
土地在闪着远古黄金的光,

正有一千架巴拉丰琴，
开始赞颂黑色的祭品。
我仿佛看见顿河在静静流，
流过那片不用耕耘的土地，
哥萨克人在黄昏举行婚礼。
到处是这样古老的土地，
婴儿在这土地上降生，
老人在这土地上死去。

古老的土地，
比历史更悠久的土地，
世上不知有多少这样古老的土地。
在活着的时候，或是死了，
我的头颅，那彝人的头颅，
将刻上人类友爱的诗句。

彝人之歌

我曾一千次
守望过天空,
那是因为我在等待
雄鹰的出现。
我曾一千次
守望过群山,
那是因为我知道
我是鹰的后代。
啊,从大小凉山
到金沙江畔,
从乌蒙山脉
到红河两岸,
妈妈的乳汁像蜂蜜一样甘甜,
故乡的炊烟湿润了我的双眼。

我曾一千次
守望过天空,
那是因为我在期盼
民族的未来。
我曾一千次
守望过群山,

那是因为我还保存着
我无法忘记的爱。
啊,从大小凉山
到金沙江畔,
从乌蒙山脉
到红河两岸,
妈妈的乳汁像蜂蜜一样甘甜,
故乡的炊烟湿润了我的双眼。

感谢一条河流

当我想念你的时候
我就会想到那一条河流
我就会想到河流之上的那一片天空
这如梦的让人心碎的相遇啊
为了这一漫长的瞬间
我相信,我们那饥渴的灵魂
已经穿越了所有的世纪
此时我才明白,我是属于你的
正如你也属于我
为了这个季节,我们都等了很久
这是上帝的意志,还是命运的安排?
为什么欢乐和痛苦又都一并到来?
我知道那命定的关于河流的情结
会让我的一生充满了甜蜜与隐痛

我　愿

彝人的孩子生下地,母亲就要用江河里纯净的水为孩子洗浴。

当有一天我就要死去
踏着夕阳的影子走向大山
啊,妈妈,你在哪里?
纵然用含着奶汁的声音喊你
也不会有你的回音
只有在黄昏
在你的火葬地
才看见你颤颤巍巍的身影

这时让我走向你
啊,妈妈,我的妈妈
你不是暖暖的风
也不是绵绵的雨
你只是一片青青的
无言的草地
那么就让我赤裸着
唱一支往日的歌曲

啊，妈妈，我的妈妈
你无须用嘴为我呻吟
假如这是爱的时辰
那夜露就会悄悄降临
在这茫茫世界
在这冷暖人间
我的皮肤有太阳的光泽
我的眼睛有森林的颜色
可你看见了吗？
我的躯体
那曾经因为你
而最洁净的躯体
也曾被丑恶雕刻

啊，妈妈，我的妈妈
我真的就要见到你了吗？
那就请为你的孩子
再作一次神圣的洗浴
让我干干净净的躯体
永远睡在你的怀里

致自己

没有小路
不一定就没有思念
没有星光
不一定就没有温暖
没有眼泪
不一定就没有悲哀
没有翅膀
不一定就没有谎言
没有结局
不一定就没有死亡
但是这一点可以肯定
如果没有大凉山和我的民族
就不会有我这个诗人

听《送魂经》

要是在活着的日子
就能请毕摩①为自己送魂
要是在活着的日子
就能沿着祖先的路线回去
要是这一切
都能做到
而不是梦想
要是我那些
早已长眠的前辈
问我每天在干些什么
我会如实地说
这个家伙
热爱所有的种族
以及女子的芳唇
他还常常在夜里写诗
但从未坑害过人

---

① 毕摩：彝族中的文化传承者和原始宗教中的祭司。

理　解

跟着我
走进那聚会的人流
去听竖笛和马布①的演奏
你一定会亲眼看见
在每一支曲调之后
我都会深深地低下头

跟着我
但有一个请求
你可千万不能
看见我流泪
就认为这是喝醉了酒
假如说我的举动
真的有些反常
那完全是由于
这独特的音乐语言
古老而又美妙

跟着我

---
① 马布：彝族的一种原始乐器。

你不要马上拉我回家
因为你还不会知道
在这样的旋律和音阶中
我是多么地心满意足

失去的传统

好像一根
被遗弃的竹笛
当山风吹来的时候
它会呜呜地哭泣

又像一束星光
闪耀在云层的深处
可在它的眼里
却含有悲哀的气息
其实它更像
一团白色的雾霭
沿着山冈慢慢地离去
没有一点声音
但弥漫着回忆

古里拉达①的岩羊

再一次瞩望
那奇妙的境界
其实一切都在天上
通往神秘的永恒
从这里连接无边的浩瀚
空虚和寒冷就在那里
蹄子的回声沉默

雄性的弯角
装饰远走的云雾
背后是黑色的深渊
它那童真的眼睛
泛起幽蓝的波浪

在我的梦中
不能没有这颗星星
在我的灵魂里
不能没有这道闪电
我怕失去了它

---

① 古里拉达：大凉山地区一地名。

在大凉山的最高处
我的梦想会化为乌有

部落的节奏

在充满宁静的时候
我也能察觉
它掀起的欲望
爬满了我的灵魂
引来一阵阵风暴

在自由漫步的时候
我也能感到
它激发的冲动
奔流在我的体内
想驱赶一双腿
去疯狂地奔跑

在甜蜜安睡的时候
我也能发现
它牵出的思念
萦绕在我的大脑
让梦终夜地失眠

呵,我知道
多少年来

就是这种神奇的力量
它让我的右手
在淡淡的忧郁中
写下了关于彝人的诗行

感 受

从瓦板屋顶飞过
它没有声音
还是和平常那样
微微地振动
融化在空气中

隐约在山的那边
阳光四处流淌
青色的石板上
爬满了昆虫
有一节歌谣催眠
随着水雾上升
迷离的影子
渐渐消失

傍晚的时候
打开沉重的木门
望着寂静的天空
我想说句什么
然而我说不出

土　地

我深深地爱着这片土地
不只因为我们在这土地生
不只因为我们在这土地死
不只因为有那么多古老的家谱
我们见过面和没有见过面的亲人
都在这块土地上一个又一个地逝去
不只因为在这土地上
有着我们千百条深沉的野性的河流
祖先的血液在日日夜夜地流淌

我深深地爱着这片土地
不只因为那些如梦的古歌
在人们的心里是那样地悲凉
不只因为在这土地上
妈妈的抚摸是格外的慈祥
不只因为在这土地上
有着我们温暖的瓦板屋
千百年来为我们纺着线的
是那些坐在低矮的木门前
死去了的和至今还活着的祖母
不只因为在这土地上

我们的古磨还在黄昏时分歌唱
那金黄的醉人的温馨
流进了每一个女人黝黑的乳房

我深深地爱着这片土地
还因为它本身就是那样地平平常常
无论我怎样地含着泪对它歌唱
它都沉默得像一块岩石一声不响
只有在我悲哀和痛苦的时候
我在这土地的某一个地方躺着
我就会感到土地——这彝人的父亲
在把一个沉重的摇篮轻轻地摇晃

回忆的歌谣

就是那种旋律
远远地从大山的背后升起

就是那种旋律
古老的、神秘的旋律

就是那种旋律
多么熟悉而又深沉的旋律
它就像母亲的乳房,它就像妻子的眼睛
就是那种旋律
它幻化成燃烧的太阳,它披着一身迷人的星光
就是那种旋律
不知是谁推开了彝人的木门
一串金黄的泪滴流进了火塘

就是那种旋律
它在口弦的摇荡处,它在舞步的节奏中
就是那种旋律
它掠过女人的额头,它飘浮在孩子的唇上
就是那种旋律
它在低矮的瓦板屋顶

千百年来编织着黑色的梦想

就是那种旋律
哪怕你把自己变成潜水员
潜入深深的水底
你也会发现它在你黝黑的灵魂里
像一条自由而美丽的鱼

就是那种旋律
远远地从大山的背后升起

就是那种旋律
迷惘的、忧伤的旋律

岩 石

它们有着彝族人的脸型
生活在群山最孤独的地域
这些似乎没有生命的物体
黝黑的前额爬满了鹰爪的痕迹
(当岁月漫溢的情感
穿过了所有的虚幻的季节
望着古老的天空和熟悉的大地
无边的梦想,迷离的回忆
只有那阳光燃成的火焰
让它们接近于死亡的睡眠
可是谁又能告诉我呢?
这一切包含了人类的不幸)

我看见过许多没有生命的物体
它们有着彝族人的脸型
一个世纪又一个世纪的沉默
并没有把它们的痛苦减轻

群山的影子

跟随太阳而来
命运的使者
没有头
没有嘴
没有骚动和喧哗

它是光的羽衣
来自隐秘的地方
抚摸倦意和万物的渴望
并把无名的预感
传给就要占卜的羊骨

那是自由的灵魂
彝人的护身符
躺在它宁静的怀中
可以梦见黄昏的星辰
淡忘钢铁的声音

故土的神灵

把自己的脚步放轻
穿过自由的森林
让我们同野兽一道行进
让我们陷入最初的神秘

不要惊动它们
那些岩羊、獐子和花豹
它们是白雾忠实的儿子
伴着微光悄悄地隐去

不要打扰永恒的平静
在这里到处都是神灵的气息
死了的先辈正从四面走来
他们惧怕一切不熟悉的阴影

把脚步放轻,还要放轻
尽管命运的目光已经爬满了绿叶
往往在这样异常沉寂的时候
我们会听见来自另一个世界的声音

日　子

我知道山里的布谷
在什么时候筑巢
这已经是很早的事情
要是有人问我
蜜蜂在哪块岩上歌唱
说句实话
我可以轻松地回答
谈到蝉儿的表演
充满了梦幻的阳光
当然它只会在
撒荞的季节鸣叫
唉，一个人的思念
有时确也奇特
对于这一点我敢担保
假如命运又让我
回到美丽的故乡
就是紧闭着双眼
我也能分清
远处朦胧的声音
是少女的裙裾响动
还是坡上的牛羊嚼草

消隐的片断

有一天独坐
目光里密布着
看不见的阴影

许多事情
已经遗忘
对于一个人来说
这样的时候
并不是很多

情人的面孔
非常模糊
所有回想的地域
都飘满了白雾

有时
也想睁眼
看看窗外

或许意识的边缘
确有一片阳光

像鸟的翅膀

假如没有声音
总会听见
自己的心跳
空洞
而又陌生
似乎
肉体
并不存在

难道这就是
永恒的死亡?!

山 中

在那绵延的群山里
总有这样的时候
一个人低头坐在屋中
不知不觉会想起许多事情
脚前的火早已灭了
可是再也不想动一动自己的身体
这漫长寂寞的日子
或许早已成了习惯
那无名的思念
就像一个情人
来了又走了
走了又来了
但是你永远不会知道
她是不是已经到了门外
在那绵延的群山里
总有这样的时候
你会想起一位
早已不在人世的朋友

在远方

在远方
站立着的是溥石瓦黑①
那如梦的山冈
黄昏时分来临
独有浮雕人
在和云说话
有一种永恒
已走向天空
然后是敲门
不会忘记，不会

在远方
长流着的是吉勒布特②
那野性的河流
回去的路上
迷路的孩子
望见了妈妈
有一种呼唤

---

① 溥石瓦黑：一处地名。
② 吉勒布特：诗人的故乡。

在摇着群山
然后是忏悔
不会忘记,不会

在远方
等待着的是瓦板屋中
那温暖的火塘
夜半过后
一声叹息
抚摸不在身旁
有一种思念太重
在拨弹折断的口弦
然后是沉默
不会忘记,不会

苦荞麦

荞麦啊,你无声无息
你是大地的容器
你在吮吸星辰的乳汁
你在回忆白昼炽热的光
荞麦啊,你把自己根植于
土地生殖力最强的部位
你是原始的隐喻和象征
你是高原滚动不安的太阳
荞麦啊,你充满了灵性
你是我们命运中注定的方向
你是古老的语言
你的倦意是徐徐来临的梦想
只有通过你的祈祷
我们才能把祝愿之辞
送到神灵和先辈的身边
荞麦啊,你看不见的手臂
温柔而修长,我们
渴望你的抚摸,我们歌唱你
就如同歌唱自己的母亲一样

被埋葬的词

我要寻找
被埋葬的词
你们知道
它是母腹的水
黑暗中闪光的鱼类

我要寻找的词
是夜空宝石般的星星
在它的身后
占卜者的双眸
含有飞鸟的影子

我要寻找的词
是祭司梦幻的火
它能召唤逝去的先辈
它能感应万物的灵魂

我要寻找
被埋葬的词
它是一个山地民族
通过母语,传授给子孙的
那些最隐秘的符号

追 念

我站在这里
我站在钢筋和水泥的阴影中
我被分割成两半

我站在这里
在有红灯和绿灯的街上
再也无法排遣心中的迷惘
妈妈,你能告诉我吗?
我失去的口弦是否还能找到

看不见的人

在一个神秘的地点
有人在喊我的名字
但我不知道
这个人是谁?
我想把它的声音带走
可是听来却十分生疏
我敢肯定
在我的朋友中
没有一个人曾这样喊叫我

在一个神秘的地点
有人在写我的名字
但我不知道
这个人是谁?
我想在梦中找到它的字迹
可是醒来总还是遗忘
我敢肯定
在我的朋友中
没有一个人曾这样写信给我

在一个神秘的地点

有人在等待我
但我不知道
这个人是谁?
我想透视一下它的影子
可是除了虚无什么也没有
我敢肯定
在我的朋友中
没有一个人曾这样跟随我

毕摩的声音
——献给彝人的祭司之二

你听见它的时候

它就在梦幻之上

如同一缕淡淡的青烟

为什么群山在这样的时候

才充满着永恒的寂静

这是谁的声音?它飘浮在人鬼之间

似乎已经远离了人的躯体

然而它却在真实与虚无中

同时用人和神的口说出了

生命与死亡的赞歌

当它呼喊太阳、星辰、河流和英雄的祖先

召唤神灵与超现实的力量

死去的生命便开始了复活!

骑　手

疯狂地
旋转后
他下了马
在一块岩石旁躺下

头上是太阳
云朵离得远远

他睡着了
是的，他真的睡着了
身下的土地也因为他
而充满了睡意

然而就在这样的时候
他的血管里
响着的却依然是马蹄的声音

寄山里的少女

在大山里,你是
一支古老而又古老的歌
是切分音的调子
是草坪上一只爱打闹的小羊
其实这已不是过去
溪水照样在悄悄流淌

你原是祖先木门前
那个传统的雕像
是那个牵着太阳的纺织娘

你从那条小路上去背水
已经不下一千次了
恋人可以说明
岩井里有你永恒的模样
如今你拨响金黄的口弦
全为了思念山外
那个小雨中的车站
听人说从那里
可以走向一个世界

要是到了夏天花香浮动的暗夜
你是草垛上那个自由的船长
谁也不知道这船将开向何方
独有你的黑发在夜空中飘扬

初　恋

童年。大人们说,
凡是孩子的脸都圆。
我去问妈妈,这是为什么呢?
妈妈只是伸手指了指月亮。
那月亮很圆,静静地睡在树梢上。
我想起了弟弟的蜻蜓网,
他怎么去网这样一个娴静的姑娘。
这时屋檐下,挂满了金黄色的玉米串,
我想起了少女的项链。
于是我们在树下捉迷藏,
于是我们在月下抢"新娘"①。
不知为什么,每每我把她寻找,
她便悄悄走到我身旁,
化成了如水的月亮。
她的笑声,湿透了我的衣裳。
当有一天她长成了一棵白杨,
在原野上为了爱而歌唱。

---

① 抢新娘:彝族姑娘出嫁,男方派人来接时,姑娘的同伴就要出来阻挠,男方为了得到姑娘,便要把姑娘"抢"走,这是一个很欢乐的场面。

她骑上花花的马鞍。

可我不是她的新郎。

就在那天晚上，妈妈说我是大人了。

她叫我把那些穿不上身的小衣裳，

都让给弟弟去穿。

可是我藏下了那件，

曾被笑声湿透的衣裳。

要去寻找那晚的月光，

只有在我的灵魂里。

我想起了弟弟的蜻蜓网。

他怎么去网这样一个娴静的姑娘。

星回节①的祝愿

我祝愿蜜蜂

我祝愿金竹，我祝愿大山

我祝愿活着的人们

避开不幸的灾难

长眠的祖先

到另一个世界平安

我祝愿这片土地

它是母亲的身躯

哪怕就是烂醉如泥

我也无法忘记

我祝愿凡是种下的玉米

都能生出美丽的珍珠

我祝愿每一头绵羊

都像约呷哈且②那样勇敢

我祝愿每一只公鸡

都像瓦补多几③那样雄健

---

① 星回节：又称火把节，是彝族的传统节日。
② 约呷哈且：彝族传说中的领头的绵羊。
③ 瓦补多几：彝族传说中的雄健的公鸡。

我祝愿每一匹赛马

都像达里阿左①那样驰名

我祝愿太阳永远不灭

火塘更加温暖

我祝愿森林中的獐子

我祝愿江河里的游鱼

神灵啊,我祝愿

因为你不会不知道

这是彝人最真实的情感

---

① 达里阿左:彝族传说中的驰名赛马。

依玛尔博①

谁会忘记那个秋天
你缓缓地向着我移动
就像梦境中的一幅画面
身后是剪影般凝固的远山
(这么多年什么都忘记了
但我还记得那个秋天)
谁会忘记那个秋天
你跳荡着的褐色旋律
比黄昏的落日还要耀眼
谁会忘记那个秋天
你随风自由地旋转成
一千道太阳的光芒
牵动着山岩沉重的翅膀
谁会忘记那个秋天
你骚动的记忆
像燃烧的红缨
更像滴血的云彩
谁会忘记那个秋天
我仿佛又看见你在那远山出现

---

① 依玛尔博：彝族民间一种顶端有红须的草帽。

差一点使我哭出声来
谁会忘记那个秋天呢
除非有一天我已经死去

含 义

谁能解释图腾的含义?
其实它属于梦想
假如得到了它的保护
就是含着悲哀的泪水
我们也会欢乐地歌唱!

黄昏的怀想

如果黑夜
已经来临
我想说一声
再见,我的忧郁
坐在你的身边
裙裾在渐渐地离去
前额的怀想
开始漂移
你的嘴唇是另一种物质
渴望之情
隐没无声
你的身躯混沌如初
潜藏着一团
远古的神秘

啊,就这样独处
我愿坐一个世纪
忘掉时间和岁月
回忆往日的情意

秋天的肖像

在秋天黄昏后的寂静里
他化成一块土地仰卧着
缓缓地伸开了四肢
太阳把最后那一吻
燃烧在古铜色的肌肤上
一群太阳鸟开始齐步
在他睫毛上自由地舞蹈
当风把那沉重的月亮摇响
耳环便挂在树梢的最高处
土地的每一个毛孔里
都落满了对天空的幻想
两个高山湖用多情的泪
注入双眼无名的潮湿

是麂子从这土地上走过
四只脚踏出了有韵的节奏
合上了那来自心脏的脉搏
头发是一片神秘的森林
鼻孔是幽深幽深的岩洞
野鸡在耳朵里反复唱歌
在上唇和下唇的距离之间

虎跳过了那个颤动的峡谷
有许多复杂的气味在躯体上消融
草莓很甜
獐肉很香
于是土地在深处梦着了
星星下面
那个戴金黄色口弦的
云一样的衣裳

布拖①女郎

就是从她那古铜般的脸上
我第一次发现了那片土地的颜色
我第一次发现了太阳鹅黄色的眼泪
我第一次发现了那季风留下的齿痕
我第一次发现了幽谷永恒的沉默

就是从她那谜一样动人的眼里
我第一次听到了高原隐隐的雷声
我第一次听见了黄昏轻推着木门
我第一次听见了火塘甜蜜的叹息
我第一次听见了头巾下如水的吻

就是从她那安然平静的额前
我第一次看见了远方风暴的缠绵
我第一次看见了岩石盛开着花朵
我第一次看见了梦着情人的月光
我第一次看见了四月怀孕的河流

---

① 布拖:大凉山腹心地带一地名,那里居住的彝人属于阿都,又称小裤脚。

就是从她那倩影消失的地方
我第一次感到了悲哀和孤独
但我永远不会忘记那一天
在大凉山一个多雨的早晨
一个孩子的初恋被带到了远方

往　事

我还记得，我还记得
那天在去比尔①的路上
有一个彝人张大着嘴
露出洁白的牙齿向我微笑

我还记得，我还记得
在那小路弯曲的尽头
我又遇到了这个微笑的人
他动情地问我去何处
并拿出怀里的一瓶烈酒
让我大喝一口暖暖身子

我还记得，我还记得
在那死寂冷漠的荒野里
他为我唱的一支歌
歌词的大意是
无论你走向何方
都有人在思念你

---

① 比尔：一个地名，在诗人的故乡。

我还记得,我还记得
他披着一件
黑色的披毡
他那摇晃的身体
就像我的爸爸喝醉了一样
那一对凹陷的眼窝里
充满了仁慈和善良

题 辞
——献给我的汉族保姆

就是这个女人,这个年轻时
曾经无比美丽的村姑,这个
十六岁时就不幸被人奸淫了的女子
这个只身一人越过金沙江
又越过大渡河,到过大半个旧中国的女人
就是这个女人,受过许多磨难,而又从不
被人理解,在不该死去丈夫的年龄成了寡妇
就是这个女人,后来又结了婚
可那个男人要小她二十岁
最终她还是为这个男人吃尽了苦头
就是这个女人,历尽了人世沧桑和冷暖
但她却时时刻刻都梦想着一个世界
那里,充满着甜蜜和善良,充满着人性和友爱
就是这个女人,我在她的怀里度过了童年
我在她的身上和灵魂里,第一次感受到了
那超越了一切种族的、属于人类最崇高的情感
就是这个女人,是她把我带大成人
并使我相信,人活在世上都是兄弟
(尽管千百年来那些可怕的阴影
也曾深深地伤害过我)

那一天她死去了,脸上挂着迷人的微笑
岁月的回忆在她眼里变得无限遥远
而这一切都将成为永恒
诚然大地并没有因为失去这样一个平凡的
女人
感到过真正的战栗和悲哀
但在大凉山,一个没有音乐的黄昏
她的彝人孩子将会为她哭泣
整个世界都会听见这忧伤的声音

远 山

我想听见吉勒布特的高腔①,
妈妈,我什么时候才能回到你身旁;
我想到那个人的声浪里去,
让我沉重的四肢在甜蜜中摇晃。

我要横穿十字路口,我要越过密集的红灯,
我不会理睬,
那些警察的呼叫。
我要击碎那阻挡我的玻璃门窗,
我不会介意,
鲜血凝成的花朵将在我渴望的双手开放。
我要选择最近的道路,
我要用头撞击那钢筋水泥的高层建筑,
我要撞开那混杂的人流,
我不会害怕,
那冷漠而憎恶的目光降落在我湿淋淋的背后。

我要跳过无数的砖墙,

---

① 吉勒布特的高腔:吉勒布特是大凉山彝族腹心地带一地名,这里的民歌高腔十分动人。

迅跑起来如同荒原的风。
我要爬上那最末一辆通往山里的汽车，
尽管我的一只脚，已经完全麻木，
它被挤压在锈迹斑斑的车门上。

最终我要轻轻地抚摸，
脚下那多情而沉默的土地。
我要赤裸着，好似一个婴儿，
就像在母亲的怀里一样。
我要看见我所有的梦想，
在瓦板屋顶寂静的黄昏时分，
全都伸出一双美丽的手掌，
然后从我的额头前，悄悄地赶走，
那些莫名的淡淡的忧伤。

彝人梦见的颜色
——对于一个民族最常使用的三种颜色的印象

(我梦见过那样一些颜色
我的眼里常含着深情的泪水)

我梦见过黑色
我梦见过黑色的披毡被人高高地扬起
黑色的祭品独自走向祖先的魂灵
黑色的英雄结上爬满了不落的星
但我不会不知道
这个甜蜜而又悲哀的种族
从什么时候起就自称为诺苏①

我梦见过红色
我梦见过红色的飘带在牛角上鸣响
红色的长裙在吹动一支缠绵的谣曲
红色的马鞍幻想着自由自在地飞翔
我梦见过红色
但我不会不知道
这个人类血液的颜色

---

① 诺苏：即彝语黑色的民族，彝族的自称。

从什么时候起就在祖先的血管里流淌

我梦见过黄色
我梦见过一千把黄色的伞在远山歌唱
黄色的衣边牵着了跳荡的太阳
黄色的口弦在闪动明亮的翅膀
我梦见过黄色
但我不会不知道
这个世上美丽和光明的颜色
从什么时候起就留在了古老的木质器皿上

（我梦见过那样一些颜色
我的眼里常含着深情的泪水）

夜

不知在什么地方
猎人早已不在人世
寡妇爬上木床
呼吸像一只冷静的猫

不知在什么地方
她的四肢在发霉
还有一股来自灵魂的气味
一双湿润的手
蒙住脸,只有在
梦里才敢去亲吻
那一半岁月的冰凉

不知在什么地方
有一个单身的男子
起来了又睡去
睡去了又起来

不知在什么地方
月亮刚刚升起
在那死寂的山野

整整一个晚上
没有一只夜游的麂子
从这里走过

不知在什么地方
有一间瓦板房
它的门
被一个沉默的人
——敲响

看不见的波动

有一种东西,在我
出生之前
它就存在着
如同空气和阳光
有一种东西,在血液之中奔流
但是用一句话
的确很难说清楚
有一种东西,早就潜藏在
意识的最深处
回想起来却又模糊
有一种东西,虽然不属于现实
但我完全相信
鹰是我们的父亲
而祖先走过的路
肯定还是白色
有一种东西,恐怕已经成了永恒
时间稍微一长
就是望着终日相依的群山
自己的双眼也会潮湿
有一种东西,让我默认
万物都有灵魂,人死了

安息在土地和天空之间
有一种东西,似乎永远不会消失
如果作为一个彝人
你还活在世上!

只因为

让我们把赤着的双脚
深深地插进这泥土
让我们全身的血液
又无声无息地流回到
那个给我们血液的地方
(只因为这土地
是我们自己的土地

让我们放声地
来一次大笑
用眼里的泪水
湿透每一件黑色的衣裳
让我们尽情地
大哭它一场
哭得就像傻瓜一样
(只因为这土地
是我们自己的土地)

让我们看见
每一个男人
都用三色的木碗饮酒

要是喝醉了
绝不会再有一双
高傲而又陌生的脚
从你的头上跨过
让我们看见
任何一个女人
都用口弦和木叶说话
要是疲倦了
就躺在梦想的经纬线上
然后沉沉地睡去
(只因为这土地
是我们自己的土地)

太 阳

望着太阳,我便想
从它的光线里
去发现和惊醒我的祖先
望着太阳,大声说话
让它真正听见
并把这种神秘的语言
告诉那些灵魂
望着太阳,尽管我
常被人误解和中伤
可我还是相信
人更多的还是属于善良
望着太阳,是多么地美妙
季节在自己的皮肤上
漾起看不见的晚潮
望着太阳,总会去思念
因为在更早的时候
有人曾感受过它的温暖
但如今他们却不在这个世上

灵魂的住址

这是
一间瓦板屋
它的门虚开着
但是从来
没有看见
有人从那里进出

这是
一间瓦板屋
青草覆盖了
通往它的小路
可是关于它的秘密
谁也不能告诉

这是
一间瓦板屋
在远远的山中
淡忘了人世间的悲哀
充满了孤独

致布拖少女

你细长的脖子
能赛过阿呷查莫鸟①的
美丽颈项
你的眼睛是湖水倒映的星光
你的前额如同金子
浮悬着蜜蜂的记忆
你高高的银质领箍
是一块网织的悬岩
你神奇多姿的裙裾
在黄昏退潮的时候
为夜的来临尽情摆浪
你那光滑的肌肤
恰似初夏的风穿越撒满松针的幽谷
然后悄悄地掠过母羊的腹部

你的呼吸回旋如梦幻
万物在你的鼻息下
摇动一颗颗金色的晨露
你的笑声

---

① 阿呷查莫鸟：大凉山一种以脖颈长和美著称的鸟。

起伏就像天上的云雀
可以断定
因为你的舞步
山脉的每一次碰撞
牛角的每一次冲动
都预示着秋天的成熟

永恒的宣言

小时候,我要戴耳环。
那是戴耳环的年龄了。
阿达①为我穿耳,
他用一片树叶把我的
耳垂包着了。
在一种从未有过的恐惧中,
我听见阿达说:孩子
这针穿透的是树叶,可不是
你的耳。我望着
阿达的眼睛,只是点了点头。
当针从我的耳垂穿过,
我的血染红了树叶。我知道针
穿透了我的耳,还穿透了那层
薄薄的树叶。
但我没有哭。
因为从那时起,我就是一个
父亲般的男子汉了。

---

① 阿达:彝语,意为父亲。

孩子和猎人的背

我愿意看你的背
它在蓝蓝的空气里移动
像一块海岛一样的陆地
这是我童年阅读的一本地理
你扛着猎枪
我也扛着猎枪
看着你的背。我只想跟着你
径直往前走
寻找那个目的
你的背上有许多森林外的算术题
有的近似谜语,我和你
只相隔一段距离
猎枪是我的笔
猎物是我的纸
句号和逗号是击中猎物的枪子
可别人说的背影
很像很像你的背影
这有什么奇怪
因为我是你的儿子
无论怎样,我只想跟着你
有时像虎,有时像狼,有时什么也不像

为了寻找那个目的，有一天傍晚
你终于倒在我身旁，整个躯体
像地震后的陆地

可别人说我的背影
很像很像你的背影
其实我只想跟着你
像森林忠实于土地
我憎恨
那来自黑夜的
后人对前人的叛逆

猎人的路
——一个老猎人的话

有一天我真的老了
岁月像一只小鸟
穿过森林的白雾
从我的额头上飘走
金子一样的小鸟
银子一样的小鸟
萦绕着,抚摸着
一个老态龙钟的我
它仿佛是一条无名的小河
它仿佛是一首无字的情歌
那时,我会悄悄对你说
在我苍老的眼里
不会有一个冬日黄昏的阴影
不会有一抹秋后夕阳的痴情
只是在我的双目中
会流出孩童般晶莹的泪
假如你用嘴去品尝
那里面只有初恋的甜味
于是我默默地默默地
让回忆和爱充满我的路

于是我再不会再不会
因为年轻和幼稚而迷途
我手中那支古老的猎枪
将扶着我的身躯和头颅
这时我要对着世界大声地宣布
如果死了还能再活一次
原谅我,我依然还会选择
做一个崇尚英雄和自由的彝人!

爱的渴望

黄伞下的少女,一双渴望的眼睛
一个蘑菇状的梦,把爱悄悄裹起
空气拥抱色彩,欲望在天边
温柔激荡着和谐
舞步的古朴,踩着大山的高音
流蜜的是口弦,把心放在唇边
呢喃的花裙,一个立体的海
光拖着一个醉迷的影子
驾着意念在追赶

用美装饰外形,那是自然的图案
让黑发缠着初恋
羞涩是最动人的纯洁
背上那诱人的气息
是褐色土地的赠予
大山像酣睡中的男人
路是他奇怪的腰带
那什么是缠绵的情语呢
她从蓝的天宇下走来
以视觉的符号表达需要
脸是丰富的音响效果
爱是目光失落的节奏

最后的传说

> 猎人离开人世的时候，
> 他会听见大山的呼唤。
> ——引自猎人的话

死亡像一只狼
狼的皮毛是灰色的
它跑到我的木门前
对着我嗥叫
时间一定是不早了
只好对着熟睡的孙子
作一次快慰的微笑
然后我
走向呼唤我的大山
爬一座高高的乳房
当子夜时分的钟声叩响
潮湿的安魂曲
我在森林世界的
母腹里睡去
耳朵里灌满了泉水的声音
嘴唇上沾满了母亲的乳汁

天亮了
人们只听见森林里
有一个婴儿的歌声
猎人们都去把他寻找
可谁也没把他找到
于是这个神秘的故事
便成一篇关于我的童话
猎人的孩子们
都会背诵它

鹰爪杯

> 不知什么时候,那只鹰死了,彝人用它的脚爪,做起了酒杯。
> ——题记

把你放在唇边
我嗅到了鹰的血腥
我感到了鹰的呼吸
把你放在耳边
我听到了风的声响
我听到了云的歌唱
把你放在枕边
我梦见了自由的天空
我梦见了飞翔的翅膀

英雄结①和猎人

头颅上圆圆的建筑
布裹成了尖端
盘山的路在这里结尾
绕山的河在这里流完
对着天空湛蓝的海洋
伸着一根长长的鱼竿

鱼竿在蓝蓝的空气里
牵动着白云和白云一样的炊烟
在黎明的微光中
那是一张有着高鼻梁的剪纸
他哼出的每一口气和雾
都在森林中悄悄地跑了
只有到黄昏才能看见
他和猎狗褐色的影子
这样走着,真是太神气了
嘴里还衔着又酸又涩的野果
目光是又长又短的钓线
颜色是金黄金黄的

---

① 英雄结:是彝族男子的一种头饰,用布裹成。

全怪篝火和麂子肉的熏染
它在眼前寻觅熊的脚印
钓竿晃悠悠地在呼喊
使得小松鼠蹦跳得遥远遥远
然后他在斜坡上歇息
让大黑狗在身旁坐着伸长舌头
舔着黄昏滴下的米酒
而钓竿照样直直地伸着

黄　昏

——一个民族皮肤的印象

在凉山这块土地上
让我们这些男人骑上烈马
让我们尽情地跳跃
当我们的黑发
化成美丽的阳光
当我们的黑发
被风聚集成迷乱的骚动的金黄的色彩
这时我们那燃烧着的梦想
这时我们那喧哗着的梦想
就会在那自由的天空里飞翔
在那有着瓦板屋的地方
当我们赤裸着结实的身躯
站在那高高的山顶
轻挥着古铜色的臂膀
黄昏就浮现在我们的背上

在凉山这块土地上
让我们的女人发出真笑
让她们歌唱舞蹈
当她们的前胸

在太阳下膨胀
当她们的孩子睡在绿荫下
吮吸着大地的清凉
这时她们那温柔的梦想
这时她们那多情的梦想
就会在那友爱的天空里飞翔
在那有着瓦板屋的地方

当她们袒露出丰满的乳房
深情地垂下古铜色的额头
去给自己的孩子喂奶
黄昏就像睡着了一样

泸沽湖[①]

> 有人说泸沽湖是山姑娘,狮子山是她的母亲。
> 奇怪的是这位母亲,永远不让自己的女儿出嫁。
> ——题记

蓝色的裙裾在朦胧的雾中失落了。
哦,山姑娘你在哪里?
去问狮子吧。她是山姑娘永恒的母亲。
一个固执得像石头一样的女人。
一个由于冷酷过早衰老的寡妇。

好多年了,她把山姑娘紧紧地搂在怀中,
连风也不知道这是长眠着的一个人。
一个不是少女的处女。
一个贞洁得不该贞洁的女人。
风。那充满野性的风。
这是男子痴情的语言,他曾在岸边徘徊。
但这一切早已过去了,像一个遥远的梦。
心。无数男人的心,都沉入了一片死寂的海。

---

① 泸沽湖:诗人故乡的一个湖泊。

变态的母亲，一个无辜少女的坟墓。

山姑娘真可怜，她还沉睡着，睡得是那样安然。

她裸露着全身，在自己的梦中，

在那绸缎般起伏的床上哭泣。难道她只会这样？

千万年了，母亲成了石头，少女的心化成了水。

男人呢？

失恋的打鱼人。

朵洛荷舞①

是因为荒野太宽了
她们才牵着彼此的手
踩着神经一样敏感的舞步
要不然,那土地上的
软绵绵的、紫云英的梦
就会踩破,就会踩破
留给黄昏几瓣孤寂的花朵

流吧,淌出的是一条旋转的河
唱吧,哼出的是一支古老的歌

于是黑夜来临之前
便有着高傲的心,便有着痴情的眼
还有了疲倦的口弦
可她们的舞步照样走着,照样呢喃
对着土地,对着黎明,对着遥远
一脚踩着一个打湿了的、淡绿色的梦幻
一脚踩着一个温柔的、溢满了蜜的呼唤
这一声,那么缠绵,那么缠绵

---

① 朵洛荷舞:一种彝族民间舞蹈,姑娘们牵手为圆圈,踱步而走,边舞边唱,情绪轻柔、优美。

盼
——给 Q·Y

如果在这里哭
那眼泪就一定
是远方的细雨
如果在这里笑
那笑声就一定
是远方的阳光
一个世上最为冷酷的谜
一个人间最为善良的梦
无论你微笑
还是哭泣
都会有一个人默默地爱着你

史诗和人

我仿佛感到山在遥远处隐去
我仿佛感到海在我身边安息
我仿佛感到土地在无止境地延伸
我仿佛感到天空布满了蓝黑色的旋律
我仿佛感到爱像黄昏的小雨
我仿佛感到在一个民族迁徙的路上
那些牛的脚印
那些羊的脚印
那些男人的脚印
那些女人的脚印
都变成了永恒

我好像看见祖先的天菩萨被星星点燃
我好像看见祖先的肌肉是群山的造型
我好像看见祖先的躯体上长出了荞子
我好像看见金黄的太阳变成了一盏灯
我好像看见土地上有一部古老的日记
我好像看见山野里站立着一群沉思者
最后我看见一扇门上有四个字

《勒俄特依》①
于是我敲开了这扇沉重的门
这时我看见远古洪荒的地平线上
飞来一只鹰
这时我看见未来文明的黄金树下
站着一个人

---

① 《勒俄特依》：一部流传在凉山地区的彝族史诗。

失落的火镰①

彝族姑娘绣花衣,在火把节的时辰,火镰被绣在了背上。

——题记

我的火镰失落了
疏忽在
一个秋日里的黄昏后
黄昏是一个使女
那么缥缈
那么遥远
一个诡秘的笑
一个象征的吻
偷走了火镰,于是
失意冷落的是火石
留下孤寂的是火草
从此,在世界的每一处
我用痴情的眼睛

---

① 火镰:取火用具,用钢制成,形状像镰刀;将它打在火石上,发出火星,点燃火绒。

开始寻找

尽管头颅上高举着火把

缺少了火镰，就失去燃烧

当风在披毡的挑逗下

掀起山野火的海湖

爱情在那里沉醉了

有那么一瞬间

我终于看到了火镰

在姑娘的背上，太阳一样辉煌

你呀你，黄昏的使女

为了爱，穿了一件多美的衣裳

沙洛河①

躺在这块土地上
我悄悄地睡去
(你这温柔的
属于我的故土
最动人的谣曲啊
我是在你的梦里睡着的)

躺在这块土地上
我甜甜地醒来
(你这自由的
属于我的民族
最崇高的血液啊
我是在你的轻唤中醒来的)

---

① 沙洛河:诗人故乡的一条河流。

达基沙洛①故乡

我承认一切痛苦来自那里
我承认一切悲哀来自那里
我承认不幸的传说也显得神秘
我承认所有的夜晚都充满了忧郁
我承认血腥的械斗就发生在那里
我承认我十二岁的叔叔曾被亲人送去抵命
我承认单调的日子
我承认那些过去的岁月留下的阴影
我承认夏夜的星空在瓦板屋顶是格外地迷人
我承认诞生
我承认死亡
我承认光着身子的孩子爬满了土墙
我承认那些平常的生活
我承认母亲的笑意里也含着惆怅
啊,我承认这就是生我养我的故土
纵然有一天我到了富丽堂皇的石姆姆哈②
我也要哭喊着回到她的怀中

---

① 达基沙洛:地名,诗人的故乡。
② 石姆姆哈:一个在地之上天之下的地方。彝族人认为死者的灵魂最后都要去那里,过一种悠然自得的生活。

如　果

如果你曾经
美丽无比
那就让这一切
成为我的回忆
如果离别后
你真的有那么多不幸
那就请到我的灵魂里
寻找一个
安静的角落
如果因为过去
你就伤心地哭泣
无论你怎样
捶打我的肩
我都不会介意
如果有一天
你动人的眼睛
已经由于年老而干枯
你就让我望着你
在冬天故乡的小河边
经过长时间的沉默后
说一声：记住吧，我还
像昔日那样爱着你

猎　枪

爸爸常说起爷爷的猎枪,
但在我童年梦中从来没有出现过爷爷的模样;
我生下地时爷爷早死了,
留下的就只有那支古老的猎枪,
我知道爷爷是被一只豹子害死的……

白日里,我看见爸爸整天默默无语,

一次,两次,上百次,成千次向森林中走去
终于有一天枪响了,在森林中回荡,回荡,

我们恐惧地走进了森林,来到枪响的地方;
爸爸躺在一边,豹子躺在一边,
豹子的血和爸爸的血流在一起,
紫红色的……

关于爱情

爱情是你孤独时
坐在木门前
永远陪伴你的絮语
爱情是你失意后
那一丝理解的微笑
它不是来自表面
而是来自内心
爱情是在惶惑的生活中
梦想被遗失的夜晚
那忠贞的泪水与慰藉
爱情是一种平常的等待
它会突然从树林中走来
送你一把昔日的口弦
爱情是把你所有的不幸和苦恼
带回家去
在那里找到
一个知心的朋友倾诉
然后闭上自己的眼睛
像一个天真的小孩

生　活

我看见那些
穿小裤脚的彝人在斗鸡
笑声张开了双臂
迎着太阳熠熠闪光
黑色的花蕾从披毡上滚落
在如梦的草坪上
两条红色的火焰在撕咬

我听见地球那边
在墨西哥
麦斯蒂索人也在斗鸡
我听见那些
艳丽的女人
在戏台前唱歌
目光就像飘动的云
就这样
悄悄地
有两行泪水跳出了眼眶
打湿了我的衣裳

被出卖的猎狗

失去了往日的自由
绳索套在它的颈上
它被狗贩子
送到了市场
由于痛苦和悲哀
它把头深深地埋下
无论人们怎样嘲笑
它都一声不吭

不知道自己的命运
将和这市场中
所有的狗一样
最后都逃脱不掉屠宰

此时它多么想来一声
狂野而尽情的吼叫
但是凭着它的敏感和直觉
它完全知道
在这个喧嚣的地方
除了食客、贩子和屠手的恶
没有一个人会给它一丝善良

老人与布谷鸟

沉默的岩石
坐在那里
望着多雾的山谷
悠悠的目光
被切割成碎片

裹着
黑色的披毡
身后一片寂静
偶然也会有
一朵
流浪的云
靠近
头顶

岁月的回忆
或许
还能从心底浮起
他会第一个听见
布谷鸟的叫声
在山那边歌唱婉转

可是谁也不会注意
就在那短暂的片刻
他的鼻翼翕动了几下
然后又用苍老的手背
悄悄地抹了抹
眼窝中滚出的泪滴

火　神

自由在火光中舞蹈。信仰在火光中跳跃
死亡埋伏着黑暗，深渊睡在身边
透过洪荒的底片，火是猎手的衣裳
抛弃寒冷那个素雅的女性，每一句
咒语，都像光那样自豪，罪恶在开花
战栗的是土地，高举着变了形的太阳
把警告和死亡，送到苦难生灵的梦魂里
让恐慌飞跑，要万物在静谧中吉祥
猛兽和凶神，在炽热的空间里消亡
用桃形的心打开白昼，黎明就要难产
一切开始。不是鸡叫那一声，是我睁眼那一霎

老歌手

唱完一支少女时的歌
你害羞了,脸上泛起红晕
就是那双苍老的眼
骤然间仿佛也跳出了两颗迷人的星
沿着你满脸皱纹的沟壑
你蹒跚着走进了自己的记忆
啊,这是一块被风雨耕耘过的土地
在那褐色土地的边缘
你珍藏着一个女人最宝贵的东西——
它是你白天的太阳
它是你晚上的月亮
在你的瞳孔里升起一道彩虹
但这是湖边虚幻的彩虹
那时白天和黑夜的梦都属于你
那时男人们都在梦中离开了你
黎明时,他们走了
带走的是你的容貌,留下的是你的心
为了把他们等待
你至今还唱着那时的歌

老人谣

沿着这条峡谷,径直
往前走,可以看见一片
树林。如果你真的
寂寞了,那就面向落日
悄悄唱一支歌。虽然
这样还是伤感。你要
像昔日那样,涉过一条
齐腰的河,它的名字
无关紧要,只是河水
在大山里还是那样刺骨
再往前走,有三条小道
你用不着在此犹豫
选择向右的方向,这对于
你来说并不难,因为
童年的记忆总会把人唤醒
假使你已经走过了
那道山脊,又很快临近
一片荞地。啊,谢天谢地
这时你的双眼完全可以
清楚地看见,前面
就是家了。短暂的沉默

你会轻轻推开木门，不敢
大声出气。房里
再没有一个人，你的
心里也明白，但是不要
太难过，尽管你的亲人们
都已离开人世
这里只剩下一片荒芜

色　素

你可以用风吹走我的草帽
你可以用雨湿透我的草帽
你可以用雷击碎我的草帽
你甚至可以
用无耻的欺骗
盗走我的草帽

妈妈对我说：孩子
在那群象般大的大山上
有一顶永远属于你的草帽
于是我向大山走去
在那里我看见了太阳
它撒开了金色的网

你可以用牙咬开我的衣裳
你可以用手撕烂我的衣裳
你可以用刀割破我的衣裳
你甚至可以
用卑鄙的行为
毁灭我的衣裳

妈妈对我说：孩子
在你健壮的躯体上
有一件永远属于你的衣裳
于是我抚摸我的皮肤——
我最美的衣裳
它掀起了古铜色的浪

不 是

不是我的披毡不美
不是我的头帕不美
不是我的风采有何改变
如果你要问我为什么这样悲哀
那是因为我的背景遭到了破坏

假 如

假如我们曾伤害过自己的同类
当听见骏马为夭亡的骑手悲鸣
当看见猎狗为遇难的主人流泪
当我们被这样一种爱震撼
忘记了自己和动物的区别
人啊,站在它们的面前
我们是多么地自卑!

隐没的头

把我的头伏在牛皮的下面
遗忘白昼的变异
在土墙的背后,蒙着头
远处的喧嚣渐渐弱下去
拉紧祭师的手,泪水涔涔
温柔的呢喃,绵延不绝
好像仁慈怜悯的电流
一次次抚摸我疲惫不堪的全身

把我的头伏在牛皮的下面
四周最好是一片黑暗
这是多么美妙的选择
为了躲避人类施加的伤害

黄色始终是美丽的

我无法用语言向你表达
一种无边的温暖
一片着色的睡眠
我无法一时向你讲明白
为什么会令人感动
以及长时间的沉默
哦，陌生的声音
教化的语言
原谅我，我只能这样对你说：
在这漫长的瞬间
你不可能改变我！

有人问……

有人问在非洲的原野上
是谁在控制羚羊的数量
同样他们也问
斑马和野牛虽然繁殖太快
为什么没有成为另一种灾难
据说这是因狮子和食肉动物们的捕杀
它们维系了这个王国的平衡
难怪有诗人问这个世界将被谁毁灭
是水的可能性更大,还是因为火?
其实这个问题今天已变得很清楚
毁灭这个世界的既不可能是水,也不可能是火
因为人已经成为一切罪恶的来源!

爱

这是一条陌生的大街
在暗淡的路灯下
那个彝人汉子弯下腰
把嘴里嚼烂的食物
用舌尖放入婴孩的嘴中

这是一条冷漠的大街
在多雾的路灯下
那个彝人汉子弯下腰
把一支低沉而动人的歌
送进了死亡甜蜜的梦里

我想对你说

我想对你说
故乡达基沙洛
你是那么遥远,你是那么迷茫
你在白云的中间
你在太阳的身旁

故乡达基沙洛
如果我死了
千万不要把我送进城外焚尸炉
我怕有一个回忆
没有消失
找不到呼吸的窗口

我想对你说
故乡达基沙洛
那忧伤的旋律
会流成一条河
远方的亲人们
要将我的躯体
从这个陌生的地方抬走

我想对你说
故乡达基沙洛
既然是从山里来的
就应该回到山里去
世界是这样地广阔
但只有在你的仁慈的怀里
我的灵魂才能长眠

宁　静

妈妈，我的妈妈
我曾去寻问高明的毕摩①
我曾去寻问年长的苏尼②
在什么地方才能得到宁静？
在什么时候才能最后安宁？
但他们都没有告诉我
只是拼命地摇着手中的法铃
只是疯狂地拍打手中的皮鼓
啊，我真想睡，我真想睡

妈妈，我的妈妈
我追寻过湖泊的宁静
我追寻过天空的宁静
我追寻过神秘的宁静
我追寻过幻想的宁静
后来我才真正知道
在这个世界上
的确没有一个宁静的地方

---

① 毕摩：彝族中的文化人和祭司。
② 苏尼：彝族中的巫师。

啊，我太疲惫，我太疲惫

妈妈，我的妈妈
快伸出你温暖的手臂
在黑夜来临之际
让我把过去的梦想全都忘记
只因为在这个冷暖的人世
为了深沉的爱
你的孩子写出了忧伤的诗句
啊，我已经很累，我已经很累

山 羊
——献给翁贝尔托·萨巴①

先生,我要寻找一只山羊
一只孤独无望的
名字叫萨巴的山羊
先生,它没有什么标志
它有的只是一张
充满了悲戚的脸庞
那是因为它在怀念故土、山冈
还有那牧人纯朴的歌谣
先生,我要寻找一只山羊
它曾在意大利的土地上流浪
它的灵魂里有看不见的创伤

---

① 翁贝尔托·萨巴(1883—1957):意大利著名诗人,其诗作《山羊》广为流传。

陌生人

你的目光中充满了一种
不易察觉的祈求
你是谁?
穿着一件黑色的衣裳
在纳沃纳广场①
走过我的身旁

那匆匆的一瞥
多么平常
它不会在我们的心灵中
掀起波浪

又仿佛是一次
不成功的曝光
在我的记忆中
再也找不到你的形象

你是谁?要到哪里去?
这对于我来说并不重要

---

① 纳沃纳广场:意大利的著名广场。

我想到的只是
人在这个世界的痛苦
并没有什么两样

致萨瓦多尔·夸西莫多[①]的敌人

你们仇恨这个人
仅仅因为他
对生活和未来没有失去过信心
在最黑暗的年代,歌唱过自由
仅仅因为他
写下了一些用眼泪灼热的诗
而他又把这些诗
献给了他的祖国和人民
你们仇恨这个人
不用我猜想,你们也会说出
一长串的理由
然而在法西斯横行的岁月
你们却无动于衷

[①] 萨瓦多尔·夸西莫多(1901—1968):意大利杰出诗人,1959 年获诺贝尔文学奖。

信

我所渴望的
也曾被你们所渴望
我仅仅是一个符号
对于浩瀚的星空来说
还不如一丝转瞬即逝的光

我只是在偶然中
寻找着偶然
就像一条幻想的河
我们把欢笑和眼泪
洒满
虚无的沙滩

我原以为地球很大
其实那是我的错觉
时间的海洋啊
你能否告诉我
如今死者的影子在何处?

秋 日

想你在威尼斯
在你没有来临
而又无法来临的时候
想你在另一国度
那里阳光淌进每一扇窗口
说不出来的惆怅
就像那入海口,轻轻低吟的海潮
想你在一个陌生的地方
我的梦想踽踽独行
穿过了怀念交织的小巷
想你在威尼斯
在那静谧而浓郁的秋日
我似乎害了一场小小的热病

吉卜赛人

昨天
你在原野上
自由地歌唱

你的马
欢快地，跑来跑去
一双灵性的眼睛
充满了善良

今天
你站在
城市的中央
孤独无望

你的马
迈着疲惫的四蹄
文明的阴影
已将它
彻底地笼罩

狮子山上的禅寺
——写给僧人建文皇帝①

一个昔日的君主
微闭着眼
盘腿坐在黑暗的深处
油灯淡黄的光影
禅寺中虚空的气息
把他的袈裟变得不再真实
他偶有睁眼的时候
那是一个年迈的僧人
正蹒跚着跨过那道
越来越高的门槛
他知道这个人是监察御史叶希贤
一位跟随他流亡多年的大臣
唉,现在他们都老了
只能生活在缥缈的回忆里
难怪就在他踏入暗影的一瞬间
君王的眼里,掠过了一丝笑意
此时他想到了权力以及至尊的地位

---

① 建文皇帝:中国历史上的一位皇帝,传说他削发为僧,隐居在云南狮山。

在死亡和时间的面前是这般脆弱
已经很长时间了,他什么都不再相信
因为他看见过青春的影子
如何在岁月的河流中消失

秋天的眼睛

谁见过秋天的眼睛
它的透明中含着多少未知的神秘
时间似乎已经睡着了
在目光所不及的地方
只有飞鸟的影子,在瞬间
掠过那永恒的寂静
秋天的眼睛是纯粹的
它的波光漂浮在现实之上
只有梦中的小船
才能悄然划向它那没有极限的岸边
秋天的眼睛是空灵的
尽管有一丝醉意爬过篱笆
那落叶无声,独自聆听
这个世界的最后消失
秋天的眼睛预言着某种暗示
它让瞩望者相信
一切生命都因为爱而美好!

献给痛苦的颂歌

痛苦，我曾寻找过你
但不知道你在什么地方
我沿着所有的街道走
你的面孔都很模糊
痛苦，这次是我找到你的，是我
伸出温暖的手臂拥抱了你
痛苦，你属于崇高，是我抚摸
你的时候
你像电流一般让我战栗的
痛苦，既然已经找到了你
我就不会去计较
最后是荆棘还是鲜花落在自己的头顶
痛苦，我需要你，这不是你的过错
是我独自选择的

这个世界的欢迎词

这是一个偶然
还是造物主神奇的结晶?
我想这一切都不重要
当你来到这个世界
我不想首先告诉你
什么是人类的欢乐
什么又是人类的苦难
然而我对你的祝福却是最真诚的

我虽然还说不出你的名字
但我却把你看成是
一切最美好事物的化身
如果你需要的话
我只想给你留下这样一句诗:
——孩子,要热爱人!

酒的怀念

怀念酒
就是怀念一段久远的历史
怀念酒
就是怀念一个老去的山村
怀念酒
你会想起一个多年不见的朋友
怀念酒
你会想起一本久违了的旧书
怀念酒
有时就如同听一支老歌
泪水会不知不觉从眼眶里流出
怀念酒
仿佛自己又回到一条时间的雨巷
那些我们曾经历过的所有的欢乐和痛苦
将会在一个瞬间又回到记忆的门槛

西藏的狗

我在西藏看见过许多狗
名贵的狗，低劣的狗，有主人的狗
无家可归的狗
狗在西藏随处可见
它们或单独行动，或成群地
在寺院的门前晒着太阳
然而最令我感动的
还是那些靠人们施舍养活了的狗
它们毛色肮脏、瘦弱而又衰老
有的只剩下了三条腿
有的只能躺在地上等待着死亡的来临
但是狗啊，人类最亲近的动物
我敢说，在这个世界上
你们选择了西藏是幸福的
因为这里有一个善良而伟大的种族
他们在养育了你们欢乐的同时
也承担了你们所有的苦难

八角街

沿着一个方向
我们像所有行进着的人们那样走着
我记得:
在瞬间我们曾忘记过时间
忘记过语言,忘记过声音
因为在这样的时候,我向神起誓
我只看见了石头和铜
其余什么也没看见

最后的酒徒

在小小的酒桌上
你伸出狮子的爪子
写一首最温柔的情诗
尽管你的笑声浪荡
让人胡思乱想

你的血液中布满了冲突
我说不清你是不是一个酋长的儿子
但羊皮的气息却弥漫在你的发间
你注定是一个精神病患者
因为草原逝去的影子
会让你一生哀哀地嘶鸣

最后的礁石
——送别艾青大师

礁石
沉没的时候
是平静的
就如同它曾经面对着海洋
含着微笑

礁石
消失的时候
那时辰
正是它歌唱过的
无比温柔的黎明

礁石
是一种象征
是一种生命的符号
在它的身上
风暴留下过无数的
让人哀痛的创伤

礁石

它永远也不会死去
因为它那自由的呼吸
会激起汹涌的海浪
它还会像一只鸟
从人类的梦想中飞出
用已经嘶哑了的喉咙歌唱！

天涯海角

刚刚离开了繁忙的码头
又来到一个陌生的车站
一生中我们就这样追寻着时间
或许是因为旅途被无数次地重复
其实人类从来就没有一个所谓的终点
可以告诉你,我是一个游牧民族的儿子
我相信爱情和死亡是一种方式
而这一切都只会发生在途中

土　墙

　　我原来一直不知道，以色列的石头，能让犹太人感动。

远远望过去
土墙在阳光下像一种睡眠

不知为什么
在我的意识深处
常常幻化出的
都是彝人的土墙

我一直想破译
这其中的秘密
因为当我看见那道墙时
我的伤感便会油然而生

其实墙上什么也没有

献给土著民族的颂歌
——为联合国世界土著人年而写

歌颂你

就是歌颂土地

就是歌颂土地上的河流

以及那些数不清的属于人类的居所

理解你

就是理解生命

就是理解生殖和繁衍的缘由

谁知道有多少不知名的种族

曾在这个大地上生活

怜悯你

就是怜悯我们自己

就是怜悯我们共同的痛苦和悲伤

有人看见我们骑着马

最后消失在所谓文明的城市中

抚摸你

就是抚摸人类的良心

就是抚摸人类美好和罪恶的天平

多少个世纪以来,历史已经证明
土著民族所遭受的迫害是最为残暴的

祝福你
就是祝福玉米,祝福荞麦,祝福土豆
就是祝福那些世界上最古老的粮食
为此我们没有理由不把母亲所给予的生命和梦想
毫无保留地献给人类的和平、自由与公正

欧姬芙的家园
——献给二十世纪最伟大的美国女画家

或许这是最寂寞的家园
离开尘世是那样地遥远
风吹过荒原的低处,告诉我们
只有一个人在这里等待

这是离上帝最近的高地
否则就不会听见
那天籁般的声音最终变成色彩
从容地穿过那纯洁的世界

你的手是神奇的语言
牛骨和石头被装饰成一道黑门
谁知道在你临终的时候
曼陀罗的叹息是如此沉重

欧姬芙,一个梦的化身
你的虚无和神秘都是至高无上的
因为现实的存在,从来就没有证明过
一个女人生命的全部!

想念青春
——献给西南民族大学

我曾经遥望过时间
她就像迷雾中的晨星
闪烁着依稀的光芒
久远的事物是不是都已被遗忘
然而现实却又告诉我
她近在咫尺,这一切就像刚发生
褪色的记忆如同一条空谷
不知是谁的声音,又在
图书馆的门前喊我的名字
这是一个诗人的《圣经》
在阿赫玛托娃①预言的漫长冬季
我曾经为了希望而等待
不知道那条树荫覆盖的小路
是不是早已爬满了寂寞的苔藓
那个时代诗歌代表着良心
为此我曾大声地告诉这个世界
"我是彝人"

---

① 阿赫玛托娃:著名的俄国女诗人。

命运让我选择了崇尚自由

懂得了为什么要捍卫生命和人的权利

我相信，一个民族深沉的悲伤

注定要让我的诗歌成为人民的记忆

因为当所有的岩石还在沉睡

是我从源头啜饮了

我们种族黑色魂灵的乳汁

而我的生命从那一刻开始

就已经奉献给了不朽和神奇

沿着时间的旅途而行

我嗒嗒的马蹄之声

不知还要经过多少个驿站

当疲惫来临的时候，我的梦告诉我

一次又一次地想念青春吧

因为只有她的灿烂和美丽

才让那逝去的一切变成了永恒！

感恩大地

我们出生的时候
只有一种方式
而我们怎样敲开死亡之门
却千差万别
当我们谈到土地
无论是哪一个种族
都会在自己的灵魂中
找到父亲和母亲的影子
是大地赐予了我们生命
让人类的子孙
在她永恒的摇篮中繁衍生息
是大地给了我们语言
让我们的诗歌
传遍了这个古老而又年轻的世界
当我们仰望璀璨的星空
躺在大地的胸膛
那时我们的思绪
会随着秋天的风儿
飞到很远很远的地方

大地啊,不知道这是为什么

往往在这样的时刻
我的内心充满着从未有过的不安
人的一生都在向大自然索取
而我们的奉献更是微不足道
我想到大海退潮的盐碱之地
有一种冬枣树傲然而生
尽管土地是如此地贫瘠
但它的果实却压断了枝头
这是对大地养育之恩的回报
人类啊,当我们走过它们的身旁
请举手向它们致以深深的敬意!

我爱她们
——写给我的姐姐和姑姑们

我喜欢她们害羞的神情
以及脖颈上银质的领牌
身披黑色的坎肩
羊毛编织的红裙
举止是那样地矜持
双眸充满着圣洁
当她们微笑的时候
那古铜色修长的手指
遮住了她们的白齿与芳唇
在我的故乡吉勒布特
不知有多少痴迷的凝视
追随着那梦一般的身姿
她们高贵的风度和气质
来自我们古老文明的精华
她们不同凡响的美丽和庄重
凝聚了我们伟大民族的光辉！

自　由

我曾问过真正的智者
什么是自由？
智者的回答总是来自典籍
我以为那就是自由的全部

有一天在那拉提草原
傍晚时分
我看见一匹马
悠闲地走着，没有目的
一个喝醉了酒的
哈萨克骑手
在马背上酣睡

是的，智者解释的是自由的含义
但谁能告诉我，在那拉提草原
这匹马和它的骑手
谁更自由呢？

献给 1987

祭司告诉我
那只雁鹅是洁白的
它就是你死去的父亲
憩息在故乡吉勒布特的沼泽
它的姿态高贵,眼睛里的纯真
一览无余,让人犹生感动
它的起飞来自永恒的寂静
仿佛被一种古老的记忆唤醒
当炊烟升起的时候,像梦一样
飞过山冈之上的剪影
那无与伦比的美丽,如同
一支箭镞,在瞬间穿过了
我们民族不朽灵魂的门扉
其实我早已知道,在大凉山
一个生命消失的那一刻
它就已经在另一种形式中再生!

我听说

我听说
在南美安第斯山的丛林中
蜻蜓翅膀的一次震颤
能引发太平洋上空的
一场暴雨
我不知道
在我的故乡大凉山吉勒布特
一只绵羊的死亡
会不会惊醒东非原野上的猎豹
虽然我没有在一个瞬间
看见过这样的奇迹
但我却相信，这个世界的万物
一定隐藏着某种神秘的联系
我曾经追悼过一种消失的语言
没有别的原因
仅仅因为它是一个种族的记忆
是人类创造的符号
今天站在摩天大楼的最高处
已经很难找到印第安人的村落
那间诞生并养育了史诗的小屋
只能出现在漂泊者的梦中

我为失去土地和家园的人们
感到过悲伤和不幸
那是因为当他们面对
钢筋和水泥的陌生世界
却只能有一个残酷的选择
那就是——遗忘!
我承认,我爱这座城市①
这个城市的午后
是阳光最美好的时刻
鸽群的影子,穿行在
高楼与林木的四周
那些消失的
雾霭和青烟
如同玛瑙的碎片
闪烁在远处的群山之间
这个城市的无穷魅力,或许
就是因为它的起伏不平
它的美是神秘的,像一则寓言

---

① 邛海:诗人的故乡的一个地名。

记忆中的小火车
——献给开远的小火车

那是一列
名副其实的小火车
它开过来的时候
司机的头探到窗外
他的喜悦
让所有看见他的人
都充满着少有的幸福
小火车要在无数个
有名字或者说没有名字的
站台上停留
那些赶集的人们
可以从这一个村寨
赶到另一个他们从未去过的集镇
火车是拥挤的
除了人之外，麻布口袋里的乳猪
发出哼哼的低吟
竹筐里的公鸡
认为它们刚从黑夜
又走到了一个充满希望的黎明
它们高亢的鸣叫此起彼伏

火车上还有穿着绣花服饰的妇女
她们三五成群
在那里掩着嘴窃窃私语
吸水烟筒的老人
仿佛永远蹲在一个黑暗的角落
水烟的味道弥漫在空气中
听他们说
那是一列名副其实的小火车
但是,既然,其实,不过
这似乎已经是
一件记忆里久远的事了

听他们说
那是一列名副其实的小火车
它就像一个传说中的故事
又像一条梦中的河流
然而这一切——
对于我们今天的回忆而言
是多么地温暖啊
尽管有时莫名地悲伤
也让我们的双眼饱含着泪水!

地中海

那是泉水的歌唱
那是古代的源流弥漫着阳光
礁石的嘴唇
白昼的乳汁
风信子悠然地飞舞
陶罐接受浴女的低吟

那是渴望的仙女
闪烁不定的暗示
那是一口芬芳的呼吸
那是一件郁金香的外衣

那是十足的倦意
那是地道的诱惑
那是波光粼粼的眼泪
上帝用仁慈的手
把他们的痛苦抚平

罗马的太阳

滚动的太阳,不安的太阳
渴望一千次被接受的太阳
女神的目光
礁石的歌唱
告诉我,快告诉我
那里是不是有一片受孕的海洋

如水的太阳,意念的太阳
让大地和万物进入梦幻的太阳
瞬间便是夜晚
一切都是遗忘
告诉我,快告诉我
那里是不是有一片睡眠的鹅黄

无声的太阳,灵性的太阳
穿过了时间和虚无的太阳
变形的手指
握着大地的根须
畅饮生命的琼浆
告诉我,快告诉我
那里是不是有一片超现实的土壤

神秘的太阳,缥缈的太阳
为所有的灵魂寻找归宿的太阳
远处隐隐的回声
好像上帝的脚步
就要降临光明的翅膀
告诉我,快告诉我
那里是不是有一片神圣的上苍

南　方

南方啊，我歌唱你
我歌唱你的海洋
那些数不清的、星星一样的小岛
南方啊，你是柔情的项链
你是西西里少女手中的夹竹桃
你有勤劳的农妇
你的孩子们睡着了
头枕着海洋那永恒的摇篮
南方啊，你是生命中的遥远
眼睛般多情的葡萄
柠檬花不尽的芬芳
你是竖琴手一生吮吸的太阳
南方啊，你有青铜和大理石的古老
尽管你伤痕累累
但从未停止过对明天的向往
南方啊，你有时是贫困的
就像意大利母亲干瘪的乳房
当我在昏暗的灯光下
读着夸西莫多为你写下的诗行
我便明白了这个历尽沧桑的游子
为什么最后要长眠在你的怀中

南方啊,我要歌唱你

请接受一个中国彝人的礼赞吧!

在这样的时刻

我喜爱芦苇的绿叶
我渴望在米兰花丛中睡个好觉
那里阳光格外柔软
时间被披搭在肩上
要是在西西里,我要躺在海的身旁
听听幽婉的海螺声
把我的遐思带到远方
我还要到中部去,看看埃米利亚人
听说那里的舞蹈非常有趣
跳舞的都是美丽的少女

啊,在这样的时刻
我不能不对你们说
世界的统治者们,武器的制造商
我们需要的永远不是
原子弹和血淋淋的刺刀

科洛希姆斗兽场①

我将我的脸庞
贴在科洛希姆斗兽场的
老墙上
当刀剑的撞击停息
当呻吟再没有回响

我知道科洛希姆斗兽场
可以容纳六万观众
他们在那里欣赏
杀人的欢畅
我知道这不是远古的神话
丧尽天良的杀戮
亘古以来就从未消亡
从波兰平原库特诺的焚尸炉
到黑种民族
在南非遭受的屈辱
我将我的脸庞
贴在科洛希姆斗兽场的
老墙上

---

① 科洛希姆斗兽场：即古罗马斗兽场。

人类啊,原谅我,我听不清
这是你们的声音,
还是野兽的吼叫?

岛

岛啊,总有一天我会走完
这漫长的人生旅程
最后抵达你的港湾
岛啊,你在时间和生命之外
那里属于另一个未知的空间
岛啊,你是永恒的召唤
我无法拒绝你
就像无法拒绝我的爱
岛啊,你看见了吗
我正朝着你的方向走来
我那生命的小舟
漂摇在茫茫的大海

水和玻璃的威尼斯

水的枝叶是威尼斯
水的果实是威尼斯
威尼斯是一段流动的小提琴曲
威尼斯是一首动人心魄的诗

玻璃的感觉是威尼斯
玻璃的梦幻是威尼斯
威尼斯是一件最完美的艺术品
威尼斯是一幅最古典的画面

神秘莫测的是威尼斯
充满诱惑的是威尼斯
威尼斯是一只妓女和罪恶的船舶
威尼斯是一则被重复了千遍的故事

访但丁

或许这是天堂的门?
或许这是地狱的门?

索性去按门铃,
我等待着,
开门。

迟迟没有回响。

谁知道今夜
但丁到哪里去了?!

头　发
——写给弗朗西斯科·林蒂尼①

我说过我要写你的头发
那是在一艘威尼斯的游船上

我说过我要写你的头发
它让我想起
西西里宁静而悠远的海浪
那里滚动着
三叶草与风信子的谜语

我说过我要写你的头发
它让我想起
地中海正午迷乱的阳光
大海洁白无瑕的积盐
它让我想起
所有时间之外
已经死去的空白
那里有鱼的轨迹、海鸟的历险

---

① 弗朗西斯科·林蒂尼：当代意大利作家，蒙代罗国际文学奖评委会主席，作此诗时已逝世。

以及大理石上
那些预言宿命的纹路
我说过我要写你的头发
那是在一只威尼斯的游船上
我想我不会记错

河流的儿子
——献给朱泽培·翁加雷蒂①

你用头
承受阳光
在伊桑佐河

它把
稀有的
幸福给你
让你
在瞬间遗忘
祖先的痛苦

你沿着
河流而上
你看见
金亚麻
在沙漠中
燃烧

---

① 朱泽培·翁加雷蒂：著名意大利"隐逸派"代表性诗人之一，也是第二次世界大战以来欧洲最杰出的诗人之一。已逝世。

你曾在
尼罗河沐浴
后来
你从那里
走向远方

你是
流浪的旅人
在这个世界上
当你
筋疲力尽
塞纳河
又将你
搂进了怀里

你是
河流的儿子
它们都轻唤着
你的名字

意大利

我曾猜想
你们的生活
有什么
不同

我曾想象
在地球的
另一个地方
人的情感
是否
相异

当我踏上
我们的国土
我便明白了
在这个世界上
追求幸福和美好
是每个民族的愿望
意大利人的微笑
可以同任何一个
种族的微笑

画上等号
(还有血管里的鲜血
眼眶中的泪水)
它们不该被标上
所谓皮肤的颜色
如果真的是那样
那才叫作荒唐

无 题

"你看见了吗？
那是一支勿忘我花
它在花瓶中
虽然与其他花儿簇拥在一起
但它那纯粹的紫色
却是那样特立独行。"
是的，亲爱的宝贝，我已经看见了
但在这样的时刻
我又怎能用苍白的语言去表白
对你的爱是如此地纯真
这突如其来的爱令人措手不及
我真的不想用世俗的话语
去承诺一百年之后的那个夜晚
但就在今天我依然要告诉你
我既然选择了你，就不会再有变节和背叛！

但是……

我听见他们在向你喝彩
为你那青春洋溢的歌声
为了你那无与伦比的高贵气质
另外,我无法全部肯定
还有多少人迷恋你修长的身材
以及你那天鹅般美丽的脖颈
但是,对于我来说
绝不仅仅是这些
我爱你的眼泪
是那一滴在没有人的时候
悄悄滑落在脸庞上的泪水
它不代表欢乐
它只表达叹息和悲伤
我还爱你的伤口
爱你双眸的阴影中
那一丝旁人无法察觉的沧桑
因为我明白
那些流言蜚语的制造者
都曾将你的心灵伤害
他们的谎言和泼向你的脏水
就如同撒在

你伤口上的盐!
是的,我亲爱的宝贝
在你的灵魂独自面对
另一个灵魂的时候
我愿意听你倾诉,听你哭泣
我知道,在这个世上
只有我爱你的灵魂,甚于爱你的肉体!

或许我从未忘记过
——写给我的出生地和童年

我做过许多的梦
梦中看见过最多的情境
是我生长的小城昭觉
唉,那时候
我的童年无忧无虑
在群山的深处,我曾看见
季节神秘地变化
万物在大地和天空之间
悄然地转换着生命的形式
在那无尽的田野中
蜻蜓的翅膀白银般透明
当夜幕来临的时候
独自躺在无人的高地
没有语言,没有意念,更没有思想
只有呼吸和生命
在时间和宇宙间沉落
我似乎很早就意识到死亡
但对永恒和希望的赞颂
却让我的内心深处
充满了对生活的感激

谁能想象，我所经历的
少年时光是如此美好
或许我从未忘记过
一个人在星空下的承诺
作为一个民族的诗人和良心
我敢说：一切都从这里拉开了序幕！

致他们

不是因为有了草原
我们就不再需要高山
不是因为海洋的浩瀚
我们就摒弃戈壁中的甘泉
一只鸟的飞翔
让天空淡忘过寂寞
一匹马驹的降生
并不妨碍骆驼的存在
我曾经为一个印第安酋长而哭泣
那是因为他的死亡
让一部未完成的口述史诗
永远地凝固成了黑暗!
为此,我们热爱这个地球上的
每一个生命
就如同我们尊重
这个世界万物的差异
因为我始终相信
一滴晨露的晶莹和光辉
并不比一条大河的美丽逊色!

我曾经……

我曾经在祁连山下
看见过一群羊羔
它们的双腿
全部下跪着
在吮吸妈妈的乳房
它们的行为让我感动
尤其是从它们的眼睛里
我看到了感恩和善良
也许作为人来说
在这样的时候
我们会感到某种羞愧
也许我们从一个城市
到了另一个城市
我们已经记不清楚
所走过的道路
是笔直的更多,还是弯曲的占了上风
我们从哪里来?
我们又要到哪里去?
仿佛我们
都是流浪的旅人
其实我要说,在物欲的现实面前

我们已经在生活的阴影中
把许多最美好的东西遗忘
有时我们甚至还不如一只
在妈妈面前下跪的小羊!

水和生命的发现

原谅我,大自然的水
我生命之中的水
或许是因为我们为世俗的生活而忙碌
或许是因为我们关于河流的记忆早已干枯
水!原谅我,我已经有很长时间
在梦想和现实的交错中将你遗忘
我空洞的思想犹如一口无底的井
在那黑暗的深处,我等待了很久
水!水!我要感谢你,此时此刻
我的生命又在你的召唤下奇迹般地惊醒
是因为水,人类才书写出了
那超越时空的历史和文明
同样也是因为水,我们这个蓝色的星球
才能把生命和水的礼赞
谦恭地奉献给了千千万万个生命
让我们就像敬畏生命一样敬畏一滴水吧
因为对人类而言,或者说对所有的生命而言
一滴水的命运或许就预言了这个世界的未来!

骆驼泉
——致撒拉尔民族

你接纳诞生

也同样接受死亡

然而对于一个民族

却不仅仅意味着这些

当他们来到你的面前

那些所经历过的黑暗、不幸和命运的打击

便会在瞬间消失

因为你的存在,他们幸福的脸上

始终洋溢着沐浴的光辉

那是他们相信,你圣洁的灵魂

要比人类的生命更为永恒!

蒂亚瓦纳科①

风吹过大地

吹过诞生和死亡

风吹过大地

吹透了这大地上

所有生命的边疆

遗忘词根

遗忘记忆

遗忘驱逐

遗忘鲜血

这里似乎只相信遗忘

然而千百年

这里却有一个不争的事实

在深深的峡谷和山地中

一个、两个、成千上万个印第安人

在孤独地行走着

他们神情严肃

含着泪花,默默无语

我知道,他们要去的目的地

那是无数个高贵的灵魂

---

① 蒂亚瓦纳科:玻利维亚一处重要的印第安古老文化遗迹。

通向回忆和生命尊严的地方
我知道,当星星缀满天空
罪行被天幕隐去
我不敢肯定,在这样的时候
是不是太阳石的大门
又在子夜时分为献祭而开
蒂亚瓦纳科,印第安大地的肚脐
请允许我,在今天
为一个种族精神的回归而哭泣!

面 具
——致塞萨尔·巴列霍①

在沉默的背后

隐藏着巨大的痛苦

不会有回音

石头把时间定格在虚无中

祖先的血液

已经被空气穿透

有谁知道？在巴黎

一个下雨的傍晚

死去的那个人

是不是印第安人的儿子

那里注定没有祝福

只有悲伤、贫困和饥饿

仪式不再存在

独有亡灵在黄昏时的倾诉

把死亡变成了不朽

面具永远不是奇迹

而是它向我们传达的故事

---

① 塞萨尔·巴列霍：二十世纪秘鲁最伟大的印第安现代主义诗人。

最终让这个世界看清了
在安第斯山的深处
有一汪泪泉!

祖　国
——致巴波罗·聂鲁达①

我不知道

你在地球上走到了多远的地方

我只知道

你最终是死在了这里

在智利海岬上

你的死亡

就如同睡眠

而你真正的生命

却在死亡之上

让我们感谢上帝

你每天每时都能听见大海的声音!

---

① 巴波罗·聂鲁达：智利二十世纪伟大的民族诗人，诺贝尔文学奖获得者。

脸　庞
——致米斯特拉尔①

这是谁的脸庞？
破碎后撒落在荒原
巨大的寂静笼罩我们
在那红色石岩的高处
生命的紫色最接近天空
有一阵风悄然而来
摇动着枯树的枝丫
那分明是一个自由的灵魂
传递着黎明即将分娩的消息
这里没有死亡
而死亡仅仅是另一种符号
当夜幕降临，你的永恒存在
再一次证明了一个真实
你就是这片苍茫大地的女王。

---

① 米斯特拉尔：二十世纪智利伟大的女诗人，诺贝尔文学奖获得者。

真 相
——致胡安·赫尔曼①

寻找墙的真实

翅膀飞向

极度的恐慌

在词语之外

意识始终爬行在噩梦的边缘

寻找射手的名字

以及子弹的距离

谎言被昼夜更替

无论你到哪儿歌唱

鸟的鸣叫

都会迎来无数个忧伤的黎明

没有选择,当看见

死者的骨骼和发丝

你的眼睛虽然流露出悲愤

而心却像一口无言的枯井

---

① 胡安·赫尔曼:阿根廷当代著名诗人,塞万提斯奖获得者。

玫瑰祖母

献给智利巴塔哥尼亚地区卡尔斯卡尔族群中的最后一位印第安人,她活到98岁,被誉为"玫瑰祖母"。

你是风中
凋零的最后一朵玫瑰
你的离去
曾让这个世界在瞬间
进入全部的黑暗
你在时间的尽头回望死去的亲人
就像在那浩瀚的星空里
倾听母亲发自摇篮的歌声
悼念你,玫瑰祖母
我就如同悼念一棵老树
在这无限的宇宙空间
你多么像一粒沙漠中的尘埃
谁知道明天的风
会把它吹向哪里?
我们为一个生命的消失而伤心
那是因为这个生命的基因
已经从大地的子宫中永远地死去

尽管这样，在这个星球的极地
我们依然会想起
杀戮、迫害、流亡、苦难
这些人类最古老的名词
玫瑰祖母，你的死是人类的灾难
因为对于我们而言
从今以后我们再也找不到一位
名字叫卡尔斯卡尔的印第安人
再也找不到你的族群
通往生命之乡的那条小路

因为我曾梦想
——我的新年贺词

让我们在期待明天的时候,
再看一眼渐渐远去的昨天吧;
因为我曾目睹——时间的面具,
怎样消失在宇宙无限的夜色之中。
而那些生命里最温暖的记忆,
却永远地埋葬在了昨天的某一个瞬间!

让我们在回望昨天的时候,
别忘了想象就要来临的明天吧;
因为我曾梦想——人类伟大的思想,
要比生命和死亡的永恒更为久长。
或许不要忧虑未来的日子是否充满了阴霾,
相信明天吧,因为所有的奇迹都可能出现!

木 兰

你不是传说
你是传说铸造的真实
你不是故事
你是故事虚构的不朽
回来吧,回到日夜思念你的故乡
回来吧,回到充满爱情的家园
当时间在记忆中燃烧
那遥远的沙场,像梦一样
落日的眼泪,闪着黄金的光
木兰,是不是在一个瞬间
或者说在那出征的全部岁月
你已经将自己彻底地遗忘?
木兰,一个永远传之后世的名字
一个死去了却还活着的女人
让我们感谢你
就如同感谢你所经历过的
所有苦难和命运
是你让我相信,如果必须
面对生命和死亡的抉择
女人的勇气绝不逊色于男人
木兰,在这千百次复活你的舞台上

如果没有你的出现

这个世界也会变得黯然失色!

羊 驼

不知道为什么?
远远地看去
它的身影充满着人的神态
并不是今天它才站在这里
它曾无数次地穿过
时间和历史的隧道
尽管它的祖先,在反抗压迫凌辱时
所选择的死亡方式从未改变
只有无言的抗争
以及岩石般的沉默
难怪何塞·马蒂这样讲
羊驼自己倒地而死
常常是为了捍卫生命的尊严
我还记得,当我从安第斯山归来
有人问我印第安人的形象
我便会不假思索地说:
先生……是的……多么像……
你在秘鲁遇见过的羊驼!

时间的流程
——致罗贝托·阿利法诺

曾有过这样的经历

当看见火焰渐渐熄灭的时候

只有更浓重的黑暗

吞噬了意识深渊里的海水

我有一个小小的发现

时间只呈现在空白里

否则我们必须目睹

影子如何在变长,太阳的光线

被铸成金币,在这个世界上

尽管无数的人都已经死亡

但这块闪光的金属却还活着

其实这并不能证明一个事实

它就能永远地存活下去……

孔多尔神鹰①

在科尔卡峡谷的空中
飞翔似乎将灵魂变重
因为只有在这样的高度
才能看清大地的伤口
你从诞生就在时间之上
当空气被坚硬的翅膀划破
没有血滴,只有羽毛的虚无
把词语抛进深渊
你是光和太阳的使者
把颂词和祖先的呓语
送到每一位占卜者的齿间
或许这绵绵的群山
自古以来就是你神圣的领地
你见证过屠杀、阴谋和迫害
你是苦难中的记忆,那俯瞰
只能是一个种族的化身
至高无上的首领,印第安人的守护神
因为你的存在,在火焰和黑暗的深处
不幸多舛的命运才会在瞬间消失!

---

① 孔多尔神鹰:安第斯山脉中最著名的巨型神鹰,被印第安人所敬畏和崇尚。

康杜塔花①

在高高的安第斯山上
你为谁而盛开?
或许这是一个不解的谜
当一千种声音
把你从四面八方包围
孤独的枝叶,在夜色中
将伸向星光的欲望变轻
黎明时分,晨露晶莹剔透
太阳的光芒,刺穿沉寂
那一尘不染的天空
没有回音,你终于
在大地的头颅中睡去
没有丝毫的犹豫,特立独行
就像一场轰轰烈烈的爱情
在等待漫长的瞬间
我知道,康杜塔花
印第安王国美丽的公主
只有听见那动人的排箫
你才会露出圣洁的脸庞。

---

① 康杜塔花:印加帝国国花,据说当它听见印第安人的排箫时才会开放。

火塘闪着微暗的火

我怀念诞生,也怀念死亡。

当一轮月亮升起在吉勒布特①高高的白杨树梢。

在群山之上,在黑暗之上,那里皎洁的月光已将蓝色的天幕照亮。

那是记忆复活之前的土地,

我的白天和夜晚如最初的神话和传说。

在破晓的曙光中,毕阿史拉则②赞颂过的太阳,

像一个圣者用它的温暖,

唤醒了我的旷野和神灵,同样也唤醒了

我羊毛披毡下梦境正悄然离去的族人。

我怀念,我至死也怀念那样的夜晚,

火塘闪着微暗的火,亲人们昏昏欲睡,

讲述者还在不停地述说……我不知道谁能忘记!

我的怀念,是光明和黑暗的隐喻。

在河流消失的地方,时间的光芒始终照耀着过去,

当威武的马队从梦的边缘走过,那闪动白银般光辉的

马鞍终于消失在词语的深处。此时我看见了他们,

那些我们没有理由遗忘的先辈和智者,其实

---

① 吉勒布特:凉山彝族聚居区一地名,作者的故乡。
② 毕阿史拉则:彝族历史上著名的祭司和文化传承人。

他们已经成为这片土地自由和尊严的代名词。
我崇拜我的祖先，那是因为
他们曾经生活在一个英雄时代，每一部
口述史诗都传颂着他们的英名。
当然，我歌唱过幸福，那是因为我目睹
远走他乡的孩子又回到了母亲身旁。
是的，你也看见过我哭泣，那是因为我的羊群
已经失去了丰盈的草地，我不知道明天它们会去哪里。
我怀念，那是因为我的忧伤，绝不仅仅是忧伤本身，
那是因为作为一个人，
我时常把逝去的一切美好怀念！

身　份
——致穆罕默德·达尔维什①

有人失落过身份

而我没有

我的名字叫吉狄马加

我曾这样背诵过族谱

……吉狄吉姆吉日阿伙……

……瓦史各各木体牛牛……

因此，我确信

《勒俄特依》② 是真实的

在这部史诗诞生之前的土地

神鹰的血滴，注定

来自沉默的天空

而那一条，属于灵魂的路

同样能让我们，在记忆的黑暗中

寻找到回家的方向

难怪有人告诉我

在这个有人失落身份的世界上

---

① 穆罕默德·达尔维什（1941—2008）：当代最伟大的阿拉伯诗人，巴勒斯坦国歌的词作者。

② 《勒俄特依》：彝族人著名的创世史诗。

我是幸运的，因为
我仍然知道
我的民族那来自血液的历史
我仍然会唱
我的祖先传唱至今的歌谣
当然，有时我也充满着惊恐
那是因为我的母语
正背离我的嘴唇
词根的葬礼如同一道火焰
是的，每当这样的时候
达尔维什，我亲爱的兄弟
我就会陷入一种从未有过的悲伤
我为失去家园的人们
祈求过公平和正义
这绝不仅仅是因为
他们失去了赖以生存的土地
还因为，那些失落了身份的漂泊者
他们为之守望的精神故乡
已经遭到了毁灭！

火焰与词语

我把词语掷入火焰
那是因为只有火焰
能让我的词语获得自由
而我也才能将我的全部一切
最终献给火焰
（当然包括肉体和灵魂）
我像我的祖先那样
重复着一个古老的仪式
是火焰照亮了所有的生命
同样是火焰
让我们看见了死去的亲人
当我把词语
掷入火焰的时候
我发现火塘边的所有族人
正凝视着永恒的黑暗
在它的周围，没有叹息
只有雪族十二子①的面具
穿着节日的盛装列队而过

---

① 雪族十二子：彝族传说，讲的是人类是由雪族十二子演化产生的。

他们的口语，如同沉默
那些格言和谚语滑落在地
却永远没有真实的回声
让我们惊奇的是，在那些影子中
真实已经死亡，而时间
却活在另一个神圣的地域
没有选择，只有在这样的夜晚
我才是我自己
我才是诗人吉狄马加
我才是那个不为人知的通灵者
因为只有在这个时刻
我舌尖上的词语与火焰
才能最终抵达我们伟大种族母语的根部！

勿需让你原谅

不是我不喜欢
这高耸入云的摩天大楼
这是钢筋和水泥的奇迹
然而,不知道为什么?
我从未从它那里
体味过来自心灵深处的温暖

我曾惊叹过
航天飞机的速度
然而,它终究离我心脏的跳动
是如此地遥远
有时,不是有时,而是肯定
它给我带来的喜悦
要永远逊色于这个星球上
任何一个慈母的微笑

其实,别误会
并不是我对今天的现实
失去了鲜活的信心
我只是希望,生命与这个世界
能相互地靠紧

想必我们都有过
这样的经历
在机器和静默的钢铁之间
当自我被囚禁
生命的呼吸似乎已经死去
当然,我也会承认
美好的愿望其实从未全部消失
什么时候能回到故乡?
再尝一尝苦荞和燕麦的清香
在燃烧的马鞍上,聆听
那白色的披毡和斗篷
发出星星坠落的声响

无须让你原谅
这就是我对生活的看法
因为时常有这样的情景
会让我长时间地感动
一只小鸟在暴风雨后的黄昏
又衔来一根根树枝
忙着修补温暖的巢!

朱塞培·翁加雷蒂①的诗

被神箭击中的橄榄核。

把沙漠变成透明的水晶。

在贝都因人的帐篷里,

从天幕上摘取星星。

头颅是宇宙的一束光。

四周的雾霭在瞬间消遁。

从词语深入到词语。

从光穿透着光。

远离故土牧人的叹息。

河流一样清澈的悲伤。

骆驼哭泣的回声。

金亚麻的燃烧,有太阳的颜色。

死亡就是真正的回忆。

复活埋葬的是所有白昼的黑暗。

没有名字的湖泊的渍盐。

天空中鹰隼的眼睛。

---

① 朱塞培·翁加雷蒂(1888—1970):意大利隐逸派诗歌重要代表,出生在埃及一个意大利侨民家庭,在非洲度过童年和少年。他的诗歌抒发了同代人的灾难感,偏爱富于刺激的短诗,把意大利古典抒情诗同现代象征主义诗歌的手法融为一体,刻画人物丰富的内心世界,表达了人和文明面临巨大灾难时产生的忧患。

辽阔疆土永恒的静默。
尼罗河睡眠时的梦境。
他通晓隐秘的道路。
排除一切语言密码的伪装。

他是最后的巫师,话语被磁铁吸引。
修辞被锻打成铁钉,
光线扭曲成看不见的影像。
最早的隐喻是大海出没的鲸。
是时间深处深邃的倒影。
一张没有鱼的空网。

那是大地的骸骨。

一串珍珠般的眼泪。

吉勒布特[①]的树

在原野上
是吉勒布特的树

树的影子
像一种碎片般的记忆
传递着
隐秘的词语
没有回答
只有巫师的钥匙
像翅膀
穿越那神灵的
疆域

树枝伸着
划破空气的寂静
每一片叶子
都凝视着宇宙的
沉思和透明的鸟儿

---

① 吉勒布特:诗人的故乡,在四川省凉山彝族自治州腹心地带。

当风暴来临的时候
马匹的眼睛
可有纯粹的色调？
那些灰色的头发和土墙
已经在白昼中消失

树弯曲着
在夏天最后一个夜晚
幻想的巢穴，飘向
这个地球更远的地方

这是黑暗的海洋
没有声音的倾听
在吉勒布特无边的原野
只有树的虚幻的轮廓
成为一束：唯一的光！

这个世界的旅行者
——献给托马斯·温茨洛瓦①

从维尔纽斯出发,从立陶宛开始,
你的祖国,在墙的阴影里哭泣,没有
行囊。针叶松的天空,将恐惧
投向视网膜的深处。当虚无把流亡的

路途隐约照亮。唯有幽暗的词语
开始苏醒。那是一个真实的国度,死亡的
距离被磨得粉碎。征服、恫吓、饥饿,
已变得脆弱和模糊,喃喃低语的头颅

如黑色的苍穹。山毛榉、栗树和灯芯草
并非远离了深渊,只有疼痛和哑默
能穿越死亡的边界。伸出手,打开过
无数的站门。望着陌生的广场,一个

旅行者。最好忘掉壁炉里嘶嘶作响的

---

① 托马斯·温茨洛瓦(Tomas Venclova, 1937—):立陶宛著名诗人、学者和翻译家。现为耶鲁大学斯拉夫语言文学系教授。他的诗歌已被译成二十多种语言,他也因此收获了诸多文学奖项和世界性声誉。欧美评论界称他为"欧洲最伟大的在世诗人之一"。

火苗,屋子里温暖的灯盏,书桌上
热茶的味道。因为无从知晓,心跳
是否属于明天的曙光。在镜子的背后

或许是最后的诗篇,早已被命运
用母语写就。就像在童年,在家的门口。
一把钥匙。一张明信片。无论放逐有多么遥远,
你的眼睛里都闪烁着儿童才会有的天真。

墓地上
——献给戴珊卡·马克西莫维奇①

一棵巨大的
橡树,它的浓荫
覆盖着回忆

你平躺着
在青草和泥土的下面

当风从宇宙的
深处吹来
是谁在倾听?
通过每一片叶子
是谁在呼吸?
吹拂着黑暗的海洋

你的静默
又回到了源头,如同

---

① 戴珊卡·马克西莫维奇(1898—1992):塞尔维亚女诗人,她的诗歌有浓厚的浪漫主义情怀,善于以细腻的笔法描绘内心精致的战栗。主要诗集有《芬芳的大地》《梦的仔房》等。

水晶的雪
你思想的根须,悄然爬上了
这棵橡树的肩头
或许还要更高……

沉　默
——献给切斯瓦夫·米沃什①

为了见证而活着，
这并非是活着的全部理由。
然而，当最后的审判还未到来，
你不能够轻易地死去。
在镜子变了形的那个悲伤的世纪，
孤独的面具和谎言，
隐匿在黑暗的背后，同时也
躲藏在光的阴影里。你啜饮苦难和不幸。
选择放逐，道路比想象遥远。
当人们以为故乡的土墙，
已成为古老的废墟。但你从未轻言放弃。
是命运又让奇迹发生在
清晨的时光，你的呼喊没有死亡。
在银色的鳞羽深处，唯有词语
正经历地狱的火焰，
那是波兰语言的光辉，它会让你

---

① 切斯瓦夫·米沃什（1911—2004）：生于今立陶宛，波兰著名诗人，1980年获诺贝尔文学奖，主要作品有《冬日之钟》《被禁锢的心灵》《波兰文学史》等，体裁涉及诗歌、散文、小说、政论等多种。

在黎明时看到粗糙的群山,并让灵魂
能像亚当·密茨凯维奇那样,
伫立在阿喀曼草原的寂静中,依然听见
那来自立陶宛的声音。请相信母语的力量。
或许这就是你永恒的另一个祖国,
任何流放和判决都无法把它战胜。
感谢你全部诗歌的朴素和坚实,以及
蒙受苦难后的久久的沉默。在人类
理性照样存活的今天,是你教会了我们明白,
真理和正义为何不会终结。
你不是一个偶然,但你的来临
却让生命的耻辱和绝望,跨过了
——最后的门槛。

诗歌的起源

诗歌本身没有起源,像一阵雾。
它没有颜色,因为它比颜色更深。
它是语言的失重,那儿影子的楼梯,
并不通向笔直的拱顶。
它是静悄悄的时钟,并不记录
生与死的区别,它永远站在
对立或统一的另一边,它不喜欢
在逻辑的家园里散步,因为
那里拒绝蜜蜂的嗡鸣,牧人的号角。
诗歌是无意识的窗纸上,一缕羽毛般的烟。
它不是鸟的身体的本身,
而是灰暗的飞翔的记忆。
它有起航的目标,但没有固定的港口。
它是词语的另一种历险和坠落。
最为美妙的,就是到了行程的中途,
它也无法描述,海湾到达处的那边。
诗歌是星星和露珠、微风和曙光,
在某个灵魂里反射的颤动与光辉,
是永恒的消亡,持续的瞬间的可能性。
是并非存在的存在。
是虚无中闪现的涟漪。

诗歌是灰烬里微暗的火，透光的穹顶。
诗歌一直在寻找属于它的人，伴随生与死的轮回。
诗歌是静默的开始，是对 1 加 1 等于 2 的否定。
诗歌不承诺面具，它呈现的只是面具背后的叹息。
诗歌是献给宇宙的 3 或者更多。
是蟋蟀撕碎的秋天，是斑鸠的羽毛上洒落的
黄金的雨滴。是花朵和恋人的呓语。
是我们所丧失、所遗忘的一切人类语言的空白。
诗歌，睁大着眼睛，站在
广场的中心，注视着一个个行人。
它永远在等待和选择，谁更合适？
据说，被它不幸或者万幸选中的那个家伙
——就是诗人！

雪　豹

失踪在雪域的空白里,
或许是影子消遁在大地的子宫,
梦的奔跑、急速、跳跃……
没有声音的跨度,那力量的身姿,
如同白天的光,永恒的弧形。

没有呜咽的银子,独行
在黎明的触角之间,只守望
祖先的领地和疆域,
远离铁的锈迹,童年时的记忆往返,
能目睹父亲的腰刀,
插进岩石的生命,聆听死亡的静默。

高贵的血统,冠冕被星群点燃,
等待浓雾散去,复活的号手,
每一个早晨,都是黄金的巫师,
吹动遗忘的颂词。从此
不会背离,法器握在时间之中,
是在谁的抽屉里?在闪电尖叫后,
签下了这一张今生和来世的契约。

光明的使臣,赞美诗的主角,
不知道一个诗人的名字,在哪个时刻,
穿过了灵魂的盾牌,尽管
意义已经捣碎成叶子。痛苦不堪一击。
无与伦比的王者,前额垂直着,
一串串闪光的宝石。谁能告诉我?
就在哪一个瞬间,我已经属于不朽!

穿过时间的河流
——写给雕塑家张得蒂

那是我!
那是在某个时间的驿站没有离开的我
那是我的青春——犹如一只鸟儿
好长时间,我不知道它的去向
今天它又奇迹般地出现
那是我的眼睛——一片干净的天空!
那是我的目光——充满着幻想!
那是我的卷发——自由的波浪!
那是我的额头——多么年轻而又自信!
那是我的嘴唇——
亲吻过一个民族的群山和土地
也曾把美妙的诗句
在少女的耳旁低语
那是我羊毛编织的披毡——
父亲说:是雄鹰的翅膀!
那是我胸前的英雄绶带——
母亲说:预言了你的明天和未来!
那是我!那一定是我!
是你用一双神奇的手,穿过时间的河流
紧紧地——紧紧地——
抓住了十八岁的——我!

影 子

我曾写下过这样的诗句
凡是人——
我们出生的时候
只有一种方式
无一例外,我们
都来自母亲的子宫
这或许——
就是命运用左手
在打开诞生
这扇前门的时候
它同时用右手
又把死亡的钥匙
递到了我们的手上
我常常这样想——
人类死去的方式
为什么千奇百怪?
完全超出了
大家的想象

巫师说:所有的影子都不相同
说完他就咬住了烧红的铧口!

写给母亲

你怎能抗拒那岁月的波涛
一次次将堤岸——锤打!
怎能抗拒你的眼睛——我的琥珀玛瑙
失去了少女时的光泽
怎能阻止时间的杀手,潜入光滑的肌肤
无法脱逃,这魔法般的力量
修长的身材,不等跨下新娘的马鞍
黑色的辫子,犹如转瞬即逝的闪电
已变成稀疏的青丝
低垂下疲倦的头,当下的事物已经模糊
童年的影子——陷入遥远的别离
青春的老屋——只从梦境里显现
闪光的银饰啊——彝人的女王
那百褶裙的波浪让嫉妒黯然失色
你目睹了人世间的悲欢和离合
向这一切告别——还没让你真的回望
所有的同代的姊妹啊——
都已先后长眠在火葬地的灵床
是的,谁能安慰你——索取那逝去的日历!
是的,谁能给予你——那无法给予的慰藉!

追 问

从冷兵器时代——直到今天
人类对杀戮的方法
不断翻新——这除了人性的缺陷和伪善
还能找出什么更恰当的理由？

我从更低的地方
注视着我故乡的荞麦地
当微风吹过的时候
我看见——荞麦尖上的水珠儿闪闪发光
犹如一颗颗晶莹的眼泪！

不死的缪斯
——写给阿赫玛托娃

我把你的头像刻在——一块木头上
你这俄罗斯的良心!
有人只看见了——
你的优雅、高贵和那来自骨髓深处的美丽
谁知道你也曾一次次穿过地狱!
那些诅咒过你的人——
不用怀疑——他们的尸骨连同流言蜚语
早已腐烂在时间的尘土
那是你!——寒风吹乱了一头秀发
你排着队,缓缓地行进在探监者的队伍
为了看一眼儿子,送去慈母的抚慰
你的肩头披着蔚蓝色的披巾
一双眼睛如同圣母的眼睛——
它平静如初,就像无底的深潭
那是你!——炉火早已熄灭,双手已经冻僵
屋外的暴风雪吼叫着,开始拍打命运的窗棂
尽管它也无法预知——
明天迎接你的是生还是死?
你不为所动,还在写诗,由于兴奋和战栗
脸上泛起了少女时候才会有的红晕……

无 题
——致诺尔德

我们都拥有过童年的时光
那时候,你的梦曾被巍峨的雪山滋养
同样是在幻想的年龄,宽广的草原
从一开始就教会了你善良和谦恭
当然更是先辈们的传授,你才找到了
打开智慧之门的钥匙
常常有这样的经历,一个人呆望着天空
而心灵却充盈着无限的自由
诺尔德,但今天当我们回忆起
慈母摇篮边充满着爱意的歌谣
生命就如同那燃烧的灯盏,转瞬即逝
有时候它更像太阳下的影子,不等落日来临
就已经消失得无影无踪
亲爱的朋友,我们都是文字的信徒
请相信人生不过是一场短暂的戏剧
唯有精神和信仰创造的世界
才能让我们的生命获得不朽的价值!

口　弦

弹拨口弦的时候
黑暗笼罩着火塘。
伸手不见五指
只有口弦的声音。
口弦的弹奏
是一种隐秘的词语
是被另一个听者
捕获的暗语。
它所表达的意义
永远不会，停留在
空白的地域。
它的弹拨
只有口腔的共鸣。
它的音量
细如游丝，
它是这个世界
最小的乐器。
一旦口弦响起来
在寂静的房里
它的倾诉，就会
占领所有的空间。

它不会选择等待
只会抵达,另一个
渴望中的心灵。
口弦从来不是
为所有的人弹奏。
但它微弱的诉说
将会在倾听者的灵魂里
掀起一场
看不见的风暴!

移动的棋子

相信指头,其实更应该相信
手掌的不确定,因为它的木勺
并不只对自己,那手纹的反面
空白的终结,或许只在夜晚
相信手掌,但手臂的临时颠倒
却让它猝不及防,像一个侍者
相信手臂,可是身体别的部分
却发出了振聋发聩的呻吟,因为
手臂无法确定两个同样的时刻
相信身体,然而影子的四肢
并不具有揉碎灵魂的短斧
相信思想,弧形的一次虚构
让中心的躯体,抵达可怕的深渊
不对比的高度,钉牢了残缺的器官
相信自由的意志,在无限的时间
之外,未知的事物背信弃义
没有唯一,只有巨石上深刻的3
相信吹动的形态,在第四维
星群神秘地迁徙,只有多或少
黑暗的宇宙布满规律的文字
相信形而上的垂直,那白色的铁

可是谁能证实？在人类的头顶之上
没有另一只手，双重看不见的存在
穿过金属的磁性，沿着肋骨的图案
在把棋子朝着更黑的水里移动……

致尤若夫·阿蒂拉

你是不是还睡在
静静的马洛什河①的旁边？
或许你就如同
你曾描述过的那样——
只是一个疲乏的人，躺在
柔软的小草上睡觉。唉！
一个从不说谎、只讲真话的人
谁又能给你的心灵以慰藉呢？
因为饥饿，哪怕就是
神圣的泥土已经把你埋葬
但为了一片温暖的面包
你的影子仍然会在蒿尔托巴吉②
寻找一片要收割的成熟的庄稼
这时候，我们读你的诗
光明的词语会撞击我们的心
我们会这样想，怀着十分的好奇
你为什么能把人类的饥饿写到极致？
你的饥饿，不是你干瘪的胃吞噬的饥饿

---

① 马洛什河（Maros）：匈牙利南部的一条河流。
② 蒿尔托巴吉（Hortobagy）：匈牙利大平原东北部的一片草原。

不是那只饿得咯咯叫着的母鸡
你的饥饿,不是一个人的饥饿
不是反射性的饥饿,是没有记忆的饥饿
你的饥饿,是分成两半的饥饿
是胜利者的饥饿,也是被征服者的饥饿
是过去、现在和将来的饥饿
你的饥饿,是另一种生命的饥饿
没有饥饿能去证明,饥饿存在的本身
你的饥饿,是全世界的饥饿
它不分种族,超越了所有的国界
你的饥饿,是饿死了的饥饿
是发疯的铁勺的饥饿,是被饥饿折磨的饥饿
因为你的存在,那磨快的镰刀
以及农民家里灶炉中熊熊燃烧的柴火
开始在沉睡者的梦里闪闪发光
原野上的小麦,掀起一重重波浪
在那隐秘的匈牙利的黑土上面
你自由的诗句,正发出叮当的响声……

尤若夫·阿蒂拉——
我们念你的诗歌,热爱你
那是因为,从一开始直到死亡来临
你都站在不幸的人们一边!

重新诞生的莱茵河
——致摄影家安德烈斯·古斯基①

让我们在这个地球上的某一处
或许就在任何一个地方

让我们像你一样
做一次力所能及的人为的创造

你镜头里的莱茵河
灰色是如此地遥远
看不见鸽子,天空没有飞的欲望
只有地平线,把缄默的心
镶入一只杯子

在镜头里,钢筋水泥的建筑
绽放着崭新的死亡
静止的阴影,再不会有鸟群
在这时空的咽喉中翻飞

---

① 安德烈斯·古斯基(Andreas Gursky,1955—):德国当代著名极简主义摄影家,环保主义者。

你没有坐在河的岸边独自饮泣
你开始制着自己的作品
并果断地做出了如下的选择：

把黑色的烟囱，从这里移走
并让钢筋水泥的隔膜，消失
在梦和现实的边界
你让两岸的大地和绿草生机勃勃
在天地之外也能听见鸟儿的鸣叫
是你与制造垃圾的人殊死搏斗
最终用想象的利刃杀死了对方
你把莱茵河还给了自然……

如果我死了……

如果我死了
把我送回有着群山的故土
再把我交给火焰
就像我的祖先一样
在火焰之上:
天空不是虚无的存在
那里有勇士的铠甲,透明的宝剑
鸟儿的马鞍,母语的盐
重返大地的种子,比豹更多的天石
还能听见,风吹动
荞麦发出的簌簌的声音
振翅的太阳,穿过时间的阶梯
悬崖上的蜂巢,涌出神的甜蜜
谷粒的河流,星辰隐没于微小的核心
在火焰之上:
我的灵魂,将开始远行
对于我,只有在那里——
死亡才是崭新的开始,灰烬还会燃烧
在那永恒的黄昏弥漫的路上
我的影子,一刻也不会停留
正朝着先辈们走过的路

继续往前走,那条路是白色的
而我的名字,还没有等到光明全部涌入
就已经披上了黄金的颜色:闪着光!

巨石上的痕迹
——致 W. J. H 铜像

原谅我,此次
不能来拜望另一个你
你早已穿过了——
那个属于死亡的地域
并不是在今天,你才又
在火焰的门槛前复活
其实你的名字,连同
那曾经发生的一切
无论是赞美,还是哑然
你的智慧,以及高大的身躯
都会被诺苏的子孙们记忆
是一个血与火的时代,选择了你
而作为一个彝人,你也竭尽了全力
在那块巨石上留下了痕迹
如同称职的工匠,你的铁锤
发出了叮当的声音,在那
黑暗与光明泥泞的路上
虽不是圣徒,却遮护着良心
你曾看见过垂直的天空上

比阿什拉则①金黄的铜铃
那自然的法则,灼烫的词根
只有群山才是永久的灵床
我知道,你从未领取过前往
——长眠之地的通行证
因为在你还健在的时候
我俩就曾经这样谈起——
我们活着已经不是为了自己
而死亡对于我们而言
仅仅是改变了方向的时间!

---

① 比阿什拉则:彝族古代的著名祭师、天象师、文字传承者。

拉姆措湖①的反光

站在更高的地方,或许
这就是水的石板在反光
白天已经遁逝,天上的星群
涌入光明的牛奶
听不见神的脚步,在更高处
它们在冷冷地窥视大地
你说水的深度,在这里
还有什么更深的意义?
目光所及之处,可看见
碎银的穹顶,拉姆措
在瞬息间成了另一个
无法预测的未知的宇宙
浮现出了花豹的斑纹
也许在神秘的殿堂,祭祀
插出的金枝,那是银河
永恒不可颠覆的图像
我不是巫师,不能算出
词语的肋骨还能存活多久
但在这里,风吹透时间

① 拉姆措湖:青藏高原著名的神湖。

没有了生和死的界线。肯定没有!
但那扇大门,看见了吧
却始终开着……

致 酒

从不因悲愁而饮酒
那样的酒——
会让火焰与伤口
爬上死亡的楼梯
用酒来为心灵解忧
无色的桌布上
只会有更多的泪痕
我从来就只为欢聚
或许,还有倾诉
才去把杯盏握住
我从不一个人的时候
去品尝醉人的香醇
独有那真正的饮者
能理解什么是分享
我曾看见过牛皮的碗
旋转过众人的双手
既为活人也为死者
没有酒,这个世界
就不会有诗歌和箴言
黑暗与光明将更远
我相信,酒的能力

可消弭时间的距离
能忘掉反面的影子
但也唯有它，我们
最终才能沉落于无限
在浩瀚的天宇里
如同一粒失重的巨石
在把倒立的铁敲响……

我接受这样的指令

我接受这样的指令：
不是拒绝冰
也不是排斥火焰
而是把冰点燃
让火焰成为冰……

契 约

每天早晨的醒来
都是被那个声音唤醒
除了我,还有所有的生命
如果有谁被遗忘
再听不见那个声音
并不是出了差错
那是永恒的长眠
偶然——找到了他!

鹰的葬礼

谁见过鹰的葬礼

在那绝壁上,或是

万丈瀑布的高空

宿命的铁锤

唯一的仪式

把钉子送上了穹顶

鹰的死亡,是粉碎的灿烂

是虚无给天空的

最沉重的一击!没有

送行者,只有太阳的

使臣,打开了所有的窗户……

盲　人

暮年的博尔赫斯，在白昼
也生活在黑暗的世界，或许
他的耳朵，能延长光的手指
让最黑的部分也溢出亮度
当他独自仰着头的时候
脸上的微笑更是意味深长
不是词在构筑第四个空间
仍然是想象，在他干枯的眼底
浮现出一片黄金般的沙漠
他不是靠回忆，对比会杀死它们
那些透明的石头，没有重量的宫殿
并不完整的城堡，已经弯曲的钥匙
空悬在楼梯之上的图书和穹顶
没有边界的星空，倒置了的长椅
以及通向时间花园之外的小径
而这一切，都是被一个盲者创造
这是他用另一种语言打开的书籍
不为别人，这一次只为自己！

铜　像

半夜醒来，那时候
博尔赫斯已经习惯
在黑暗中前行，独自
穿过客厅，一双手
摸索，凡是触摸到的
每一样东西，他都
十分熟悉，因为已经
没有更诱人的话题
能留住白天的思绪
独有死亡，一直追随
人到了这样的年龄
似乎没什么再可惧怕
只是每一次，当他
无意中摸到自己的头像
五根手指在更深的地方
便能感受到虚无的气息
那金属的冰凉，会让他
着实吓一跳，他不相信
那个铜像与自己有关
但他却知道，逝去的生命
已经在轮回的路上再不回头……

黑　色
——写给马列维奇①和我们自己

影子在更暗处，在潜意识的生铁里
它天空穹顶的幕布被道具遮蔽
唯一的出口，被形式吹灭的绝对
一粒宇宙的纤维，隐没在针孔的巨石
没有前行，更不会后退，无法预言风的方向
时间坠入无穷，只有一道消遁的零的空门
不朝向生，不朝向死，只朝向未知的等边
没有眼睛的面具，睡眠的灵床，看不见的梯子
被织入送魂的归途，至上的原始，肃穆高贵的维度
找不到开始，也没有结束，比永恒更悠久
光制造的重量，虚无深不可测，只抵达谜语的核心！

---

①　卡西米尔·塞·马列维奇（1878—1935）：俄罗斯前卫艺术最重要的倡导者，20世纪具有世界影响力的美术大师，其代表作《黑色正方形》已成为一种象征和标志。

博格达峰的雪
——致伊明·艾合买提

博格达耸立在群山的高处,
有谁又能徒步翻过那白色的顶峰,
它曾目睹无数行吟者在它的身旁,
最早的歌手也只留下横陈大地的影子。
我们把手中的琴拨弹得如此激越,
假如琴弦在瞬间戛然发生断裂,
是不是那预言的就是亘古不变的死亡,
或是宣告新的生命将在光明的子宫中诞生?
作为诗人我们是这般地幸运,
因为古老的语言还存活在世间,
就是我们的肉体已经消失得毫无踪影,
但我们吟唱的声音却还会响彻宇宙。
朋友,你们看,在时间的疾风里,
所有物质铸成的形式都在腐朽,
任何力量也都无法抵抗它的选择,
这不是命运的无常,而是不可更改的方向。
如果有什么奇迹还会在最后时刻出现,
那就是我们的诗歌还站在那里没有死亡。

刺穿的心脏
——写给吉茨安·尤斯金诺维奇·塔比泽①

你已经交出了被刺穿的心脏
没有给别人,而是给你的格鲁吉亚
当我想象穆赫兰山②顶雪的反光
你的面庞就会在这大地上掠过

不知道你的尸骨埋在何处
那里的白天和黑夜是否都在守护
在你僵硬地倒毙在山冈之前
其实你的诗已经越过了死亡地带

对于你而言,我是一位不速之客
然而我等待你却已经很久很久
为了与你相遇,我不认为这是上苍的安排
更不会去相信,这是他人祈祷的结果

那是你的诗和黑暗中的眼泪

---

① 吉茨安·尤斯金诺维奇·塔比泽(1895—1937):20世纪格鲁吉亚和苏联著名诗人,象征主义诗歌流派的领袖人物。
② 穆赫兰山:格鲁吉亚境内著名的山脉。

它们并没有死,那悲伤的力量
从另一个只有同病相怜者的通道
送到了我一直孤单无依的心灵

即使你已经离世很久,但你的诗
却依然被复活的角笛再次吹响
相信我——我们是这个世界的同类
否则就不会在幽暗的深处把我惊醒

我们都是群山和传统的守卫者
为了你的穆哈姆巴吉①和我祖先的克哲②
勇敢的死亡以及活下去所要承受的痛苦
无非都是生活和命运对我们的奖赏……

---

① 穆哈姆巴吉:格鲁吉亚一种古老的诗歌形式。
② 克哲:彝族一种古老的诗歌对唱形式。

致叶夫图申科[①]

对于我们这样的诗人：
忠诚于自己的祖国，
也热爱各自的民族。
然而我们的爱，却从未
被锁在狭隘的铁笼，
这就如同空气和阳光，
在这个地球的任何一个地方，
都能感受到它的存在。
我们或许都有过这样的经历，
都曾为另一个国度发生的事情流泪，
就是他们的喜悦和悲伤，
虽然相隔遥远，也会直抵我们的心房，
尽管此前我们是如此地陌生。
如果说我们的诞生，是偶然加上必然，
那我们的死亡，难道不就是必然减去偶然吗？
朋友，对此我们从未有过怀疑！

[①] 叶夫图申科（1933— ）：他是苏联二十世纪五十年代末、六十年代初"大声疾呼"派诗人的代表人物，也是二十世纪最具影响力的诗人之一。他的诗题材广泛，以政论性和抒情性著称，既写国内现实生活，也干预国际政治，以"大胆"触及"尖锐"的社会问题而闻名。

没有告诉我

————答诗人埃乌杰尼奥·蒙塔莱①,因他有过同样的境遇,他当时只有长勺。

比阿什拉则②,
没有告诉我,
在灵魂被送走的路上,
是否还有被款待的机会。
有人说无论结果怎样,
你都要带上自己的木勺。
我有两把木勺,
一把是最长的,还有一把是最短的,
但这样的聚会却经常是
不长不短的木勺,
才能让赴宴者舀到食物,
但是我没有,这是一个问题。

---

① 埃乌杰尼奥·蒙塔莱(1896—1981):20世纪意大利著名诗人。
② 比阿什拉则:彝族历史上最著名的祭司和文字传承掌握者,以超度和送魂闻名。

当死亡正在来临

从今天起就是一个孤儿,
旁人这样无情地对我说。
因为就在黑色覆盖了白色的时候,
妈妈就已经进入了另一个世界。

不要再去质疑孤儿的标准,
一旦失去了母亲,才知道何谓孤苦无助。
在这块巨石还没有沉没以前,
她就一直是我生命中的依靠。

当死亡在这一天真正来临,
所有的诅咒都失去了意义,
死神用母语喊了她的名字:

尼子·果各卓史①,接你的白马,
已经到了门外。早亡的姐妹在涕泣,
她们穿着盛装,肃立在故乡的高地。

---

① 尼子·果各卓史:诗人母亲的名字(又名马秀英),生于1931年3月15日,卒于2016年10月30日。她出生于彝族贵族家庭,早年投身社会主义革命,是共产党员,曾担任过凉山彝族自治州人民医院副院长、凉山卫校校长。

故　土

在那个名字叫尼子马列①的地方，
祖辈的声名是如此显赫，
无数的坐骑在半山悠闲地吃草，
成群的牛羊，如同天空的白云。

多少宾朋从远方慕名而来，
宰杀牲口才足以表达主人的盛情。
就是在大凉山腹地，
这个家族的美名也被传播。

但今天这一切已不复存在，
没有一种繁华能持续千年，
是时间的暴力改变了一切。

先人的骨灰仍沉睡在这里，
唯有无言的故土，还在接纳亡灵，
它是我们永生永世的长眠之地。

---

① 尼子马列：诗人母亲故乡的一处彝语地名。

记忆的片段

多少年再没有回到家乡,
并不是时间和空间的距离,
才让她去重构故土的模样,
而这一切是如此遥远。

姐妹们在院落里低声喧哗,
争论谁应该穿到第一件新衣,
缝衣娘许诺了她们中的每一位,
只有大姐二姐羞涩地伫立门前。

坐在火塘边的祖母头发比雪还白,
吊着的水壶冒着热腾腾的水汽,
远处传来的是放牧者粗犷的歌声。

这是亡故者记忆中的片段,
她讲过多少遍,谁也说不清。
但愿活着的人,不要忘记。

生与死的幕布

河流朝着一个方向流淌,
群山让时间沉落于不朽。
有人说这是一场暴风骤雨,
群山里的生活终究会有改变。

千百年所选择的生活方式,
只有火焰的词语熄灭于疾风。
不是靠幸运才存活到今天,
旋转的酒碗是传统的智慧。

山坡上的荞麦沾满了星光,
祖居之地只剩下断壁残垣,
再没有听见过口弦的倾诉。

头上是永恒的北斗七星,
生与死的幕布轮流值日,
真遗憾,今天选择了落幕。

命　运

这个时代改变了你们的命运，
从此再没有过回头和犹豫。
不是圣徒，没有赤脚踏上荆棘，
但道路上仍留下了血迹。

看过那块被烧得通红的石头，
没有人知道铁铧的全部含义。
生与死相隔其实并不遥远，
他们一前一后紧紧相随。

你们的灵魂曾被火光照亮，
但在那无法看见的颜色深处，
也留下了疼痛，没有名字的伤口。

不用再为你们祈祷送魂，
那条白色的路就能引领，
这一生你们无愧于任何人。

墓前的白石

墓的前面放着一块白石，
上面镌刻着你们的名字。
多么坚实厚重的石头，
还有我为你们写下的诗行。

从这里能看见整座城市，
生和死还在每时每刻地更替。
只有阳光那白银一般的舞蹈，
涌入了所有生命的窗口。

在目光所及更远的地方，
唯有山峰之间是一个缺口，
据说那是通向无限的路标。

亡灵长眠在宁静的山冈之上，
白色的石头在向活人低语：
死亡才刚结束，生命又开始疯狂。

迎接了死亡

妈妈的眼角最后有一颗泪滴,
那是她留给这个世界的隐喻。
可以肯定它不代表悲戚,
只是在做一种特殊的告别。

不是今天才有死亡的存在,
那黑色的旗帜,像鸟的翅膀,
一直飞翔在昼夜的天空,
随时还会落在受邀者的头顶。

冥府的通知被高高举起,
邮差将送到每一个地址,
从未听说他出现过差错。

妈妈早就知道这一天的来临,
为自己缝制了头帕和衣裙,
跟自己的祖先一样,她迎接了死亡。

这是我预订的灵床

我的妈妈已经开始上路,
难怪山坡上的索玛①像发了疯。
白昼的光芒穿过世界的核心,
该被诅咒的十月成为死期。

把头朝着故乡的方向,
就是火化成灰也要回去。
这个城市对你已不再陌生,
但你的归宿命定不在这里。

口弦,马布,月琴②,都在哀唤,
活着的时候就喜欢它们,
但今天却只能报以沉默。

当又能闻到松脂和蜂蜜的味道,
那是到了古洪姆底③,我知道你会说:
终于可以睡下了,这是我预订的灵床。

---

① 索玛:即索玛花,汉语称杜鹃花。
② 口弦,马布,月琴:均为彝族古老的乐器。
③ 古洪姆底:大小凉山的彝语称谓,泛指彝族的聚居地。

回忆的权利

不知道从什么时候开始,
你就是靠回忆生活。
就是昨天刚遇见过的事,
也不能把它们全部想起。

真能想起的都是遥远的事情,
它们在黑暗的深处闪光。
你躲在木楼的二层捉迷藏,
听见妹妹说:姐姐可以找你了吗?

经常拿出发黄的照片,
对旁人讲解,背着沉重的药箱,
访问过许多贫病交加的人。

人活着是否需要理由?
是你给了我们另一个答案,
谁也不能剥夺,回忆的权利。

我不会后退

原谅我,一直不知道,
是因为妈妈的存在和活着,
我才把死亡渐渐地遗忘,
其实它一直在追逐着我们。

妈妈站在我和死亡之间,
像一座圣洁的雪山,
也如同浩瀚无边的大海,
但今天我的身边只伫立着死亡。

纵然没有了生命中的护身符吉尔①,
当面对无端的谎言、中伤以及暗算,
也不会辱没群山高贵的传统和荣誉。

再不用担心妈妈为我悲伤,
既然活着已经不是为了自己,
为了捍卫人的权利,我不会后退。

---

① 吉尔:彝族每一个家族都有吉尔,即护身符,在这里指诗人的母亲。

等我回家的人

我不用再急着赶回家去，
在半夜时敲响那扇门扉。
等候我回家的人，
已经去了另一个世界。

那时只有我回到了家，
她才会起身离开黑色的沙发，
迈着缓慢疲惫的脚步，
回到自己的房间休息。

就这样等候，不是一天，
也不是一年，她活着的时候，
常常在深夜里这样等我。

但直到现在我才明白，
母亲两个字还有更深的内涵，
多么不幸，与她已经隔世。

妈妈是一只鸟

毕摩①说,在另一个空间里,
你的妈妈是一条游动的鱼。
她正在清凉的溪水中,
自由自在地追逐水草。

后来她变成了一只鸟,
有人看见她,去过祖居地,
还在吉勒布特②的天空,
留下了恋恋不舍的身影。

从此,无论我在哪里,
只要看见那水中的鱼,
就会想念我的妈妈。

我恳求这个世上的猎人,
再不要向鸟射出子弹,
因为我的妈妈是一只鸟。

---

① 毕摩:彝族的文字传承者,宗教祭司。
② 吉勒布特:诗人故乡的彝语地名,在四川凉山州布拖县境内。

妈妈的手

妈妈的手充满了万般柔情,
像四月的风吹过故乡的高地。
每当她抚摸我的脸庞和额头,
就如同清凉的甘露滋润着梦境。

只有她的手能高过万物的顶端,
甚至高过了任何一个君王的冠冕。
如果不是自然造化的组成部分,
那仁慈就不可能进入灵魂的深处。

纵然为传统和群山可以赴死,
每一次遭遇命运不测的箭弩,
还都是她的手改变了我的厄运。

我知道从今以后将会生死难卜,
因为再也无法握住妈妈的那双手,
多么悲伤,无常毁灭了我的护身符。

摇篮曲

世界上只有一首谣曲,
能陪伴着我们,从吱呀的摇篮,
直到群山怀抱的火葬地,
它是妈妈最珍贵的礼物。

那动人的旋律吹动着宇宙的星辰,
它让大地充满了安宁,天空如同宝石。
当它飞过城市、乡村和宽阔的原野,
所有的生命都会在缥缈的吟唱中熟睡。

这低吟能穿越生和死的疆域,
无论是在迎接婴儿新生命的诞生,
还是死神已经敲响了厚重的木门。

只有这首无法忘怀的谣曲,
在我们离开这个世界的时候,
还能听见它来自遥远的回声。

山　泉

晚年的妈妈再没回到故乡,
她常常做梦似的告诉我们:
在那高高的生长荞麦的地方,
让人思念的是沁人心脾的泉水。

难怪她时常独自坐在窗前,
对一只鸟从何处飞来也感到好奇。
她会长时间地注视着一朵云,
直到它在那天际消失得无影无踪。

谁也无法改变我们生命的底色,
瓦板房里的火塘发出嘶嘶的声音,
还有院落里的雄鸡不断地高鸣。

其实人的需求非常地有限,
但有时却比登天还难,比如妈妈,
再也无法喝到那透心的山泉。

黑色的辫子

妈妈的头发已经灰白掉落,
好长时间不再用那把木梳,
往日那一头浓密的黑发,
从过去的照片中才能看到。

他们说她的长发乌黑清亮,
像深色的紫檀闪着幽暗的光。
无论她走到哪里,总有人会闻到,
她的发辫散发出的皂角的馨香。

谁能将那逝去的年轮追回?
让我再看一眼妈妈的黑发,
再闻一闻熟悉而遥远的香味。

但今天这一切都是痴人说梦,
只有那一把还留在世上的木梳,
用沉默埋葬了它所经历的辉煌。

母　语

妈妈虽然没有用文字留下诗篇,
但她的话却如同语言中的盐。
少女时常常出现在族人集会的场所,
聆听过无数口若悬河的雄辩。

许多看似十分深奥的道理,
就好像人突然站在了大地的中心;
她会巧妙地用一句祖先的格言,
刹那间让人置身于一片光明。

是她让我知道了语言的玄妙,
明白了它的幽深和潜在的空白,
而我这一生都将与它们形影相随。

我承认,作为一个寻找词语的人,
是妈妈用木勺,从语言的大海里,
为我舀出过珊瑚、珍珠和玛瑙。

故乡的风

妈妈常常会想起故乡的风,
每当这样的时候,她就会将风描绘。
难怪在我们部族的史诗中,
那永恒的风被植入了词语的石头。

那风穿过了大地麦芒的针孔,
从那宇宙遥远的最深处传来。
只有风连接着生和死的门户,
谁也无法预知它的方向和未来。

妈妈说,如果你能听懂风的语言,
你就会知道,我们彝人的竖笛,
为什么会发出那样单纯神秘的声音。

那风还在吹,我是一个听风的人,
直到今天我才开始隐约地知道,
只有风吹过的时候,才能目睹不朽。

隐形的主人

这大地和天空是如此辽远,
巡游的太阳一头金黄的雄狮。
金币的另一面涌动着黑暗的海洋,
永恒的死亡跨上了猩红的马鞍。

黄昏在影子里对神灵窃窃私语,
黯然的云霓闪烁着紫色的光亮。
星穹下的群山肃穆静寂,
唯有火塘里的柴薪独自呢喃。

沿着暮气氤氲的那条小路,
妈妈的身影又若隐若现,
朦胧中是依稀垂下的眼睑。

她是这片土地上隐形的主人,
看不见的手还在用羊毛编织披毡,
腰间晃动的是来回如飞的梭子。

肉体与灵魂

你的肉身已经渐渐枯萎,
它在时间的切割中破碎。
很难察觉它细微的变化,
自然的威力谁也无法抗拒。

微末的事物消失于指间,
它的杀戮不用金属的武器。
肉体是你借用造物主的东西,
时辰到了还必须将它归还。

只有你的魂魄还完好如初,
没有什么能改变它的存在,
黑暗吞噬的表象只是幻影。

你心灵幽秘质朴,如一束火焰,
怀揣着安居于永恒的护身符,
唯有不灭的三魂①将被最后加冕。

---

① 三魂:彝人认为人死后有三魂,一魂留火葬处;一魂被供奉;一魂被送到祖先的最后归宿地。

悬崖的边缘

我站在悬崖的边缘,前面是
悬浮的空气的负数,我一直
站在边缘纯粹的绝对之上
如果说我是一个点,其实
我就是这边缘中心的脊柱
另一个存在站在这里,时间的
楼梯已经被它们完整地抽掉
也许只需要半步,物质的重量
就会失衡,事实已经证明——
就是针尖一样的面积,也能让
一个庞大的物体在现实的
玻璃上立足,而这并非是在历险
难道这就是思想和意念的针孔
被巨石所穿越的全部理由
我一直站在那悬崖的最边缘
是遥远的大海终止了欲望和梦
我没有转过头,尽管太阳
洒下了千万颗没有重量的雨滴
因为在我的背后什么也没有……

从摇篮到坟墓

从摇篮到坟墓
时间的长和短
没有任何特殊的意义
但这段距离
摇篮曲不能终止
因为它的长度
超过了世俗的死亡

你听那原始的声音
从母亲的喉头发出
这声调压过了所有的舌头
在群山和太阳之间
穿越了世代火焰的宇宙
通向地狱和天堂的门
虽然都已经被全部打开
但穹顶的窗户,却为我们的
归来,标明了红色的箭头

在这大地上,只有摇篮曲
才让酣睡的头颅和肋骨
甜蜜自由,没有痛苦

那突然的战栗和疯狂
让遥远的星星光芒散尽

因为母亲的双手
那持续的晃动,会让
我们享受幸福的一生
当我们躺在——
墓地的火焰之上
仍然是母亲的影子
在摇篮旁若隐若现

从摇篮到坟墓
只有母亲的手
还紧紧地牵着我们
从摇篮到坟墓
始终伴随着我们的
就是母亲的摇篮曲
我知道这个世界上
再没有什么别的声音
——能比她的吟唱
要更动人,要更美好!

致西湖

这样的湖蓝色坠落静界。
纯粹的影子并非此处独有:
那是你堤上摇曳的树叶,
上面滚动着回光的秘密,
遗失于黑暗的褶皱,
惊醒光明遮蔽的钟摆。

如果没有苏轼,
就不会在水波上瞻望,
浪花与时间的意义。
那朽烂变暗的屋檐,
如今,也因为白居易的名字,
在吹拂的风中焕然一新。

无数的嘴唇为你加冕,
驾着传说的银轮返回中心。
或许不是现实,虚拟的镜子,
从别处飞来,风是一匹白色的马。
墨迹依稀可辨,石头寻找我们,
饮者的星象,被铸造成诗。

火焰一般的自然之物，
唯有星辰在睡眠中闪耀。
假如文字的魔力死亡，
黎明的风暴也无力掷入柴薪。
而这潭池水，确凿无疑，
也将黯然失色，心如骨灰。

一只透明的鸟，站在岸上柳枝的顶端，
归来与离去，还是词语的梯子，
最终决定了这个世界的高度。

梦的重量

有时候,梦是如此清晰
而现实却是这般地虚幻
因为只有在梦里,我才能
看见另一个世界的母亲
她的微笑散发出温暖的光芒
她的皱纹清晰得如同镜子
当我的手掌触摸到她的指尖
那传递给我的温度和触觉
会让我在瞬间抓住一块石头
她的头发在轻轻地颤动
你能听见它划破粒子的声音
她的目光依然充满着爱意
那眼底的深处有发亮的星星
她的气息还在悄然弥漫
在第七个空间,这是她的空间
谁也无法将它占有
在那堵高墙的两边,生和死
将白昼和日月撬动旋转
当生命的诞生被无常接纳
死亡的凯歌也将择时奏响
没有什么东西能获得不朽

只有精神的钉子能打入宇宙
不要相信那些导电的物体
因为心灵将会被火焰点燃
而今天，我只有通过梦
才能与我亲爱的母亲见面
我原来不相信，梦的真实
要超过所有虚幻的存在
现在我相信，我的双手告诉我
在睡眠的深处，梦的重量
——已经压倒了天秤！

对我们而言

对我们而言,祖国不仅仅是
天空、河流、森林和父亲般的土地,
它还是我们的语言、文字、被吟诵过
千万遍的史诗。
对我们而言,祖国也不仅仅是
群山、太阳、蜂巢、火塘这样一些名词,
它还是母亲手上的襁褓、节日的盛装、
用口弦传递的秘密、每个男人
都能熟练背诵的家谱。
难怪我的母亲在离开这个世界的时候
对我说:"我还有最后一个请求,一定
要把我的骨灰送回到我出生的那个地方。"
对我们而言,祖国不仅仅是
一个地理学上的概念,它似乎更像是
一种味觉、一种气息、一种声音、一种
别的地方所不具有的灵魂里的东西。
对于置身于这个世界不同角落的游子,
如果用母语吟唱一支旁人不懂的歌谣,
或许就是回到了另一个看不见的祖国。

双重意义

诗人尼基塔·斯特内斯库①
在临终前,对抢救他的年轻医生说:
"请给我一点点你们的青春!"
无疑这是对生命的渴望和赞美,
是对逝去的时间以及岁月的褒奖。
作为肉体的现实,穿越乌有的马匹,
不论是夜晚,还是更长的白昼,
当那一天来临,穹顶上再没有
一颗悬挂睡眠和头颅的钉子。
或许这不是一次回眸,仅仅是
死亡的一种最常规的形式。
如果说物体和思想的存在
本身就是另一种并非想象的虚无。
难怪作为一个曾经活着的人,
跟不同的影子捉迷藏和游戏,
就足以消耗螺旋形的一生。
尽管生命的磁铁并不单调乏味,
但那仍然是生者赋予了它双重的意义。

---

① 尼基塔·斯特内斯库(1933—1983):罗马尼亚著名诗人,被公认为罗马尼亚当代现代派诗歌代表人物。

也许正因如此,荒诞的生活连同
被抽象的词语,才能在光的
指引下,一次次拒绝黑暗和死亡。

在尼基塔·斯特内斯库的墓地

如果再晚一分钟,
你居住的墓园就要关闭
夜色降临前的门。
用一种姿势睡在泥土里,
时间的板斧终于成了盾牌。
此刻,手臂是骨头的笛子,
词语将被另一个影子吹响。
凝视的眼睛,穿过黑暗的石头,
思想的目光爬满永恒的脊柱。
一个过客,吞食语言的钢轨,
吞食饥渴的星球,吞食虚无的圆柱。
当死亡成为你的线条的时候,
当生命变成四轮马车发黑的时候,
当发硬的颅骨高过星辰的时候:
唯有你真实的诗歌犹如一只大鸟,
静静地飘浮在罗马尼亚的天空。

写给我在海尔库拉内①的雕像
——致诗人伊利耶·柯里斯德斯库②

我的眼睛

在海尔库拉内。

我的眼睛,犹如

静止的大海,透明的球体,

山峦、河流、城市、圣殿……

我的眼睛,以万物的名义

将黑暗和光明的幕布打开。

或许这就是核心和边缘的合一。

我的眼睛,如果含满了泪水,

只能是,也只可能是海尔库拉内

的悲伤,让我情不自禁地哭泣。

我的眼睛里露出了微笑,

那是因为唯一。唯一的海尔库拉内,

被众多语言的诗歌在宴席上颂扬。

我的耳朵

在海尔库拉内。

---

① 海尔库拉内(Herculane):罗马尼亚东部城镇。
② 伊利耶·柯里斯德斯库:罗马尼亚当代诗人,罗马尼亚西方大学教授。

一只昆虫的独语,消失在
思想的白色的内部。
我的耳朵,知晓石头整体的黑洞,
能听见沙砾的呐喊,子宫的沉默。
更像坠落高处的星辰,置于头顶的铁具。
而只有我的嘴巴,在海尔库拉内,
等待着,等待着……有一天,
我进入它的体内,发出心脏的声音。

运　河

并不是所有人类对自然的
改造，都是一种破坏，
虽然这已经有数千年的历史。
比如对运河的开凿，就是
一个伟大而完整的例证……
当叮当的金属划开大地的身躯，
自由的胸腔鼓动着桅杆的羽翼。
在水的幻影之上，历史已被改写。
疾驰的木船，头上是旋转的天体，
被劈开的石钟，桨叶发出动听的声音。
挖掘坚硬的水槽，直到硕大的生铁，
将线路固定，词语定位成高空的星座。
不是山峦的原因，更不是风的力量，
而是清澈柔软的水创造了奇迹：
君王的权杖。宫殿的圆柱。战争的粮草。
帝国的命脉。晃动的酒杯。移动的国库。
被水滋养的财富。用盐解除的威胁。
输入权力中心的血液。压倒政敌的秘籍。
流动的方言。女人真情或假意的啜泣。
并非对抗的交易。埋葬过阴谋的河床。
相对存在的虚拟。一直活着的死亡。

多么不幸,如果运河里再没有了水,
它所承载的一切,当然就只能成为
零碎的记忆和云中若隐若现的星星。

口弦的力量

细小的声音
从大地和宇宙的深处
刺入血的
叫喊
我的心脏
开始了
体外的跳动
就像一个
传统的勇士
还在阵地上
我曾有过
这样的战绩
用一把口弦
打退了
一个乐团的进攻

叫不出名字的人

什么是人民？就是每天在大街上行色
匆忙而面部各异的男人和女人，就是
一个人在广场散步，因为风湿痛战栗着走路
需要扶着手杖，走出十米也比登天还难的老人。
就是迎风而行，正赶去学堂翩跹而舞的少年，
当然，也是你在任何一个地方，能遇见的
叫不出名字的人，因为你不可能一一认识他们。
人民是一个特殊用语，还是一个抽象的称谓？
我理解，如果没有个体的存在，就不可能有我们
经常挂在嘴边和文章中提到的这个词。
因为人民也许是更宏大的一种政治的表述，
我们说大海的时候，就很像我们在说着人民。
有人说一滴水并不是大海，就如同说他对面那个
人不是人民，这样的逻辑是否真的能够成立？
也许你会说没有一粒粒的沙，怎么可能形成
浩瀚无边的沙漠？但仍然会有一种观点一直坚持
他们的说法：沙和沙漠就是吹动的风和风中的影子。
对于一滴水，我们也许忽视过它的存在，当成千上万
滴水汇聚成大海的时候，我们才会在恍然间发现
它的价值。对于人民，我没有更高深复杂的理解，
很多时候它就是那些走出地铁通道为生活奔波

而极度疲乏的人。就是那些爬上脚手架劳累了一天的人。还有那些不断看着时间赶去幼儿园接孩子的人。这些人的苦恼和梦想虽然千差万别，但他们却有着一个共同的特点：都是最普通的人。这些人穿过城市，穿过乡村，穿过不同的幸福和悲伤，他们有时甚至是茫然的，因为生存的压力追赶着他们，但作为一个人就像大海中的一滴水，当隐没于蓝色，我们就很难从那汹涌澎湃的波涛中找寻到它的踪迹。

正因为此，我才相信一个个鲜活的生命。

一个人的克智①

当词语的巨石穿过针孔的时候,
针孔的脊柱会发出光的声音。

针孔的肋骨覆盖词语的巨石,
没有声音,但会引来永恒的睡眠。

鹰翅上洒下黄金的雨滴
是天空孵化的蛋吗?

不是,那是苍穹的虚无
但蛋却预言了宇宙的诞生。

---

① 克智:彝语,意为"语言比赛"。

致尼卡诺尔·帕拉[①]

他活着的时候"反诗歌",
他反对他理应反对的那些诗歌。
反它们与人类的现实毫无关系,
反它们仅仅是抽空了
血液的没有表情的词语,
反它们高高在上凌驾万物
以所谓精神的高度自居,
反空洞无物矫情的抒情,
当然也反那些人为制造的纲领。
他常常在智利的海岸漫步,
脚印在沙滩上留下一串串问号。
他对着天空吐出质疑的舌头
是想告诉我们雨水生锈的味道。
他一直在"反诗歌",那是因为
诗歌已经离开了我们的灵魂,
离开了不同颜色的人类的悲伤,
这样的状况已经有好长的时间。

[①] 尼卡诺尔·帕拉(Nicanor Parra,1914—2018):智利著名的诗人,"反诗歌"诗人的领军人物,也是当代拉美乃至整个西班牙语世界最具影响力的诗人之一。

他"反诗歌"是因为诗歌的
大脑已经濒临漫长的死亡，
词语的乳房没有了芬芳的乳汁，
枯萎的子宫再不能接纳生命的种子。
他的存在，就是反讽一切荒诞，
即便对黑色的死亡也是如此。
对生活总是报以幽默和玩笑，
他甚至嘲弄身边移动的棺材，
给一件崭新的衬衣打上补丁。
我在新闻上看见有关他葬礼的消息，
在他的棺材上覆盖着一面
还在他的童年时母亲为他缝制的
一床小花格被子，
不是所有的人，都能明白
这其中隐含的用意，
实际上他是在向我们宣告：
从这一刻起，他"反死亡"的
另一场游戏已经轰然开始。

商丘,没有结束的

商丘是一个被他者命名的名字
是一个被风和传说充盈的肚脐
在它被命名之前,商人就在这里
青铜的唇齿爬满了未知的天际
商队还在行走,他们从未消失
只是在时间的另一面,他们正在
走向我们称之为过去的现在
生与死只是两种不同的存在形式

只有声音能穿越不同的空间
只有光能渗透那坚硬的物质
不是轮回和循环在发号施令
是消亡和诞生在永无止境地
循环往复——毁灭替代了永恒
没有更高的地方,帝王的墓室
就在每一个登高者的脚下
墓室的门已经被无数次地打开
青苔早已覆盖每一面坚硬的石壁
因为金银、财富和欲望的诱惑
帝王的尸骨当然也不可能完整

没有更高的地方，因为在更低处
有人看见过，不同王朝的消失
就好像一颗流星划破蓝色的穹顶
丘，或许就是一个更高的存在
难怪后来的人都要登上所谓的高台
目睹宁静的水和光返回原始之地
穿越词语的针孔开始极目望远
看见那座斑驳砖石构筑的沧桑古城
在这一望无际的原野的波浪上
没有过去，没有现在，没有未来
时隐时现成为时间深处的点点帆影

但我的歌唱却只奉献给短暂的生命

宝刀,鹰爪的酒杯,坠耳的玛瑙
那是每一个男人与生俱来的喜爱
骏马,缀上贝壳的佩带,白色的披毡
从来都是英雄和勇士绝佳的配饰
重塑生命,不惧死亡,珍惜名誉
并不是所有的家族都有此传承
似乎这一切我都已经具备
然而我是一个诗人,我更需要
自由的风,被火焰洗礼过的词语
黎明时的露水,蓝色无垠的星空
慈母摇篮曲的低吟,恋人甜蜜的呓语
或许,我还应该拥有几种乐器
古老的竖笛,月琴,三叶片的口弦
我的使命就是为这个世界吟唱
诚然,死亡与生命是同样的古老
但我的歌唱却只奉献给短暂的生命。

而我们……

诗歌,或许就是最古老的艺术,
伴随人类的时光已经十分久远。
哦,诗人,并不是一个职业,
因为他不能在生命与火焰之间,
依靠出卖语言的珍珠糊口。
在这个智能技术正在开始
并逐渐支配人类生活的时代,
据说机器人的诗歌在不久
将会替代今天所有的诗。
不,我不这样看!这似乎太武断,
诗人之所以还能存活到现在,
那是因为他的诗来自灵魂,
每一句都是生命呼吸的搏动,
更不是通过程序伪造的情感,
就是诅咒也充满了切肤的疼痛。

然而,诗人,我并不惧怕机器人,
但是我担心,真的有那么一天
当我们面对暴力、邪恶和不公平,
却只能报以沉默,没有发出声音,
对那些遭遇战争、灾难、不幸的人们,

没有应有的同情并伸出宝贵的援手，
再也不能将正义和爱情的诗句，
从我们灵魂的最深处呼之欲出。

而我们，都成了机器人……

诗歌的秘语……

彝人为了洁净自己的房子，
总会把烧红的鹅卵石
放在水里去祛除污秽之物，
那雾状的水汽弥漫于空间。
谁能告诉我，是卵石内核的呐喊，
还是火焰自身的力量？或许是
另一种意志在覆盖黑暗的山岩。
我相信神奇的事物，并非是一种迷信，
因为我曾看见过，我们部族的祭司
用牙咬着山羊的脖子甩上了屋顶。

罪行，每天都在发生，遍布
这个世界每一个有人的角落。
那些令人心碎的故事告诉我们，
人类积累的道德和高尚的善行，
并不随婴儿的第一声啼哭到来。
然而，当妈妈开始吟唱摇篮曲，
我们才会恍然觉悟，在蒙眬中
最早接受的就是诗歌的秘语。
哦，是的，罪行还会发生，
因为诗人的执着和奉献，

荒诞的生活才有了意义，
而触手可摸的真实，
却让我们通往虚无。

暮年的诗人

请原谅他,就是刻骨铭心,
也不能说出她们全部的名字。
那是山林消失的鸟影,
云雾中再找不到踪迹。
那是时间铸成的大海,
远去的帆影隐约不见。
那是一首首深情的恋歌,
然而今天,只有回忆用独语
去沟通岁月死亡一般的沉默。
当然还有那些闪光的细节,
直到现在也会让他,心跳加速
双眼含满无法抑制的泪水。

粗黑油亮长过臀部的两条辫子。
比蜂蜜更令人醉心销魂的呼吸。
没有一丝杂质灵动如水的眼睛。
被诗歌吮吸过的粉红色的双唇。
哦,这一切,似乎都遗落于深渊,
多少容颜悄悄融化在失眠的风里。

哦,我们的诗人,他为诗奉献

了爱情,而诗却为他奉献了诗。

请原谅他,他把那些往事
都埋在了心底……

致父辈们

他们那一代人,承受
过暴风骤雨的考验。
在一个时代的巨变中,
有新生,当然也有的沉沦。
他们都是部族的精英,
能存活下来的,也只是
其中幸运的一部分人。

他们是传统的骄子,能听懂
山的语言,知晓祖先的智慧。
他们熟悉词根本身的含义,
在婚庆与葬礼等不同的场所,
能将精妙的说唱奉献他人。
他们还在中年的时候,
就为自己做好了丧衣,
热爱生活,却不惧怕死亡。
他们是节日和聚会的主角,
坐骑的美名被传颂到远方。
他们守护尊严,珍惜荣誉,
有的人……就是为了……证明
存在的价值,而结束了生命。

与他们相比,我们去过
这个世界更多的地方。
然而,当我们面对故土,
开始歌唱,我们便会发现,
他们比我们更有力量。
我们丢失了自我,梦里的
群山也已经死亡……

姐姐的披毡

如果是黑色遭遇了爱情。
最纯粹的过度,飘浮于藏蓝
幽深的夜空。哦,姐姐,那是你的梦,
还是你梦中的我?我不明白,
是谁创造了这比幻想更远的现实?
那还是在童年的时候,奇迹就已出现
仿佛今天又重现了这个瞬间。

原谅我,已想不起过去的事情,
纵然又看见姐姐披着那件披毡,
但那只是幻影,不再属于我,
它是另一个人,遗忘的永恒。

口弦大师
——致俄狄日伙①

是恋爱中的情人,才能
听懂你传递的密语,还是
你的弹奏,捕获了相思者的心?
哦,你听!他彻底揭示了
男人和女人最普遍的真理。
每拨弹完一曲,咧嘴一笑,
两颗金牙的光闪耀着满足。
无论是在仲夏的夜晚,还是
围坐于漫长冬日的火塘,
口弦向这个世界发出的呼号,
收到了一个又一个的回应。

俄狄日伙说,每一次
弹奏,就是一次恋爱,
但当爱情真的来临,却只有
一个人能破译他的心声……

---

① 俄狄日伙:凉山彝族聚居区布拖的民间音乐传承人。

尼子马列的废墟

已看不出这里曾经有过的繁华,
正在抽穗的玉米地也寂静无声。
山梁对面的小路早被杂草覆盖,
我们的到来,并非要惊醒长眠的祖先。
那是因为彝人对自己的祖居地,
时常怀有刻骨铭心的思念和热爱。
在我们的史诗记载迁徙的描述中,
关于命运的无常,随处都能读到,
难怪在先人生活过的每一个地方,
都会油然而生一种英雄崇拜的情感。
哦,沉默的落日,你伟大的叹息
甚至超过了刺向祭祀之牛脖颈流出的血,
物质的毁灭,我们知道,谁能抗拒?
那自然的法则,就守候在生和死的隘口。

因此我才相信,生命有时候要比
死亡的严肃更可笑,至于死亡
也许就是一个假设,我们熟谙的
某种仪式,完全属于另一个世界。

千万不要告诉那些

缺少幽默感的人，
因为我们在死亡的簿册上，
找到了一个与他相同的名字。

我曾看见……

我曾看见,在那群山腹地
彝人祭司完成的一次法事。
他的声音,虽然低沉浑厚,
却能穿透万物,弥漫天地。
这样的景象总会浮现于脑海。
为了祈福,而不是诅咒,
火光和青烟告诉了所有的神灵。
牛皮的幻影飘浮于天空,
唯有颂词徐徐沉落于无限。

暴力,不在别处,它跟随人
去过许多地方,就在昨天
还在叙利亚争抢儿童的血。
所谓道义和人权,或许只是
他们宣言中用烂了的几个词。
然而,对于不同的祈福,
我们都应报以足够的尊重,
他们让我们在那个片刻
忘记了暴力和世界的苦难。

诗 人

诗人不是商业明星,也不是
电视和别的媒体上的红人。
无须收买他人去制造绯闻,
在网络空间树立虚假的对手,
以拙劣的手段提高知名度。
诗人在今天存在的理由,
是他写出的文字,无法用
金钱换算,因为每一个字
都超过了物质确定的价值。
诗人不是娱乐界的超人,
不能丢失心灵之门的钥匙。
他游走于城市和乡村,
是最后一个部落的酋长。
他用语言的稀有金属,
敲响了古老城市的钟楼。
诗人是一匹孤独的野马,
不在任何一个牧人的马群,
却始终伫立在不远的地方。
合唱队里没有诗人适合的角色,
他更喜欢一个人的时候独唱。
诗人是群体中的极少数,

却选择与弱者站在一边，
纵使遭受厄运无端的击打，
也不会交出灵魂的护身符。
诗人是鸟类中的占卜者，
是最早预言春天的布谷。
他站在自己建造的山顶，
将思想的风暴吹向宇宙。
有人说诗人是一个阶级，
生活在地球不同的地方。
上苍，让他们存活下去吧，
因为他们，没有败坏语言，
更没有糟蹋过生命。

犹太人的墓地

那是犹太人的墓地,我在华沙、
布加勒斯特、布达佩斯和布拉格
都看见过。说来也真是奇怪,
它们给我留下了极为深刻的印象。
是墓园的布局吗?当然不是。
还是环境的不同?肯定也不对,
因为欧洲的墓园大同小异。
后来在不经意中我才发现,虽然
别的地方也有失修的墓室、待清的杂草,
但没有犹太人的墓地那样荒芜。
到处是倾斜的碑石、塌陷的地基,
发黑的苔藓覆盖了通往深处的路径。
我以为死亡对人类而言,时刻都会发生,
而后人对逝者的追忆,寄托哀思,
到墓地去倾诉,或许是最好的选择。

我在东欧看见过许多
犹太人的墓地,它们荒芜而寂寥。
这是何种原因?我问陪同的导游,
在陷入片刻的沉默后,他才低声说:

"他们的亲人,都去了奥斯威辛①,
单程车票,最终没有一个回来"。

我在东欧看见过许多
犹太人的墓地。我终于知道,
天堂或许只是我们的想象,
而地狱却与我们如影相随。

---

① 奥斯威辛:纳粹德国时期建立在波兰小城奥斯威辛的集中营,大约有110万人在这一集中营被杀害,其中绝大部分是犹太人。

何塞·马里亚·阿格达斯①

我的血液来自那些巨石,

它让我的肋骨支撑着旋转的天体。

太阳的影子

以长矛的迅疾,

降落节日的花朵。

我,何塞·马里亚·阿格达斯,

秘鲁克丘亚人,一个典型的土著。

我的思想、意识和行为方式,

与他们格格不入。

因为我相信,我们的方式

不是唯一的方式,

只有差异

才能通向包容和理解。

所以,我才要捍卫

这种方式,

就是用生命

也在所不惜。

---

① 何塞·马里亚·阿格达斯:生于1911年,秘鲁当代著名印第安人小说家、人类学家,原住民文化的捍卫者。1969年自杀身亡。

我的身躯被驼羊的绒毛覆盖，
在安第斯山蜜蜂嗡鸣的牧场。
当雄鹰静止于
时间，
风，
吹拂着
无形的
生命的排箫。
那是我们的声音
穿越了无数的世纪，
见证过
血，
诞生和
毁灭。
那是我们河流的回声，
它的深沉和自由
才铸造了
人之子的灵魂。
也因为此，我们才
选择了：
在这片土地上生，
在这片土地上死。

哦，未来的朋友

这不是我的遗言。
我不是那只山上的狐狸,
它的奔跑犹如燃烧的火焰。
也不是那只山下的狐狸,
它的鸣叫固然令人悲伤。

但我要告诉大家的是
我,何塞·马里亚·阿格达斯,
并非死于贫穷
而是自杀。
没有别的原因,
只是我不愿意看到,
我的传统——
在我活着的时候
就已经死亡。没有别的原因,
这并不复杂。

悼胡安·赫尔曼

你在诗中说我
将话语抛向火,是为
在赤裸的语言之家里,
让火继续燃烧。
而你却将死亡,一次次
抛向生命,抛向火。
你知道邪恶的缘由,
最重要的是,你的声音
动摇过它的世界。
没有诅咒过生活本身,
却承受了所有的厄运。
你走的那一天,据说在
墨西哥城,有一片天堂的叶子
终于落在了你虚空的肩上。

自由的另一种解释

让我们庆祝人类的又一次解放,
在意志的天空上更大胆地飞翔。
从机器抽象后的数据,你将阅读我,
而我对你而言,只是移动的位置。
我的甜言蜜语,不再属于一个人,
如果需要,全人类都能分享。
今天这个世界发生了什么,
我们都能在第一时间知晓。
而我,在地球的任何一个地方,
亲爱的,谢天谢地,你都
尽管可以把我放心地丢失,
再玩一次猫捉老鼠的游戏。

又一个春天

一个春天又在不经意间到来
像风把消息告知了所有的动物
它在原野的那边
伸出碎叶般发亮的手
掀开了河滩上睡眠的卵石
在昨天的季节的梦痕中
它们抑或是在重复一个伎俩
死亡过的小草和刚诞生的昆虫
或许能演绎生命的过程
但那穿顶的天王星却依然如故
转瞬即逝的生灵即便有纵目
也无法用一生的时光
来察觉它改变过自己的位置
那些布谷的叫声婉转明亮
声调充满了流动的光影
红色锦鸡往返于潮湿的灌丛
它们是命运无常的幸存者
太阳下被春天召唤的族人
向大地挥手致敬
渴望受孕的沃野再次生机勃勃
这是一个生命的春天

当然也是所有生命的春天
你的到来就是轮回的胜利！
但是，我的春天
当你悄然来临的时候
尤其是轻抚我的眼睑和嘴唇
尽管我还是油生感动
可我的躯体里却填满了石头
那时候，我的沉默只属于我
当我意识到唯有死亡
才能孕育这焕然一新的季节
那一刻，不为自己只为生命
我的双眼含满泪水……

马 勺

我的马勺①是木头的时针
是星星撬动大地的长柄
哦！能延伸到意识和想象的边界
造物主为了另一只手变得更长
给了我们意想不到最大的方便
马勺，谢谢你的恩赐，当手伸向天幕
宇宙的容器滚动着词语的银镜
吮吸光的乳头和古老石磨粗糙的金黄
看不见的神枝在支撑肋骨的转动
上面是山脉、云霓和呼吸的星群
在你的意愿所到过的那些地方
是荞麦、玉米、土豆和圆根的栖身地
如果没有你，延长的意义将被消减
没有别的更重要更自在属于我的器具
马勺，原谅我，就是最后的告别
我也不会在魂归的路上将你藏匿
因为你的内敛、朴素和简单的胜利

---

① 马勺：彝族人食用食物时用的长把木勺。

诺苏①人的手一旦握住你的长臂
响彻山谷的颜色就会爬满节日的盛装
享用原始的美食、佳肴和第一口汤
内心充满了对万物的感激
一代代传递在族人的手中
你不属于我，只是短暂的拥有
因为每一次你都为新的
生命的到来做好了准备。

---

① 诺苏：中国彝族人自称为诺苏，彝语即黑色的民族，诺苏人崇尚黑色。

时间之外的马车

那是谁的马车从那边跑过,
在黑暗的深处它的轮子发出空寂的声音。
看不见车上的人
唯有雪的反光照射着星座的密语。
没有驻足和停留下来的迹象,
陡峻山路,通向乌有,
似乎在更远的地方,
马蹄在回应那永恒的时间。
没有在短暂的时刻思考,
这是漫长的冬天的开始,
不知道,那马车的目的地在哪里。
黑暗包裹着它的全身
这形而上的未知的奔跑,
全然是在另一个抽象的国度。
除了马匹呼吸旋转的气体,
没有谁能洞悉存在的意义。
马车似乎在证实消失的东西,
它们在另一个空间望着我们。
没有人告诉我,这马车的
奔跑是行将结束的仪式
还是尚未来临的开始。

我不能判定这是一种真实,
隔着火焰渐渐熄灭的念叨:
不清楚这马车乌黑的翅膀
是否正穿行于现实与梦榻之间,
唯有高悬于云层深处的铆钉
才听见了车夫那来自内心的
比黑暗更深更远的宁静与喧嚣。

石　头

那些石头，
光滑圆润的皮肤，
承载过
天地之间
光芒灵气的烛照。
它们散落在
河滩上，
犹如独自伫立
于夜幕的星星。

白天，
那光的瀑布，
将虚无的链条
潜入它无形的宅院。

夜晚，
黑洞的光束
倾泻而下，
细小的纤维
滴入它无形的嘴。
黎明的时刻，

那吹拂的风
让它内部的结构
像秘密幽黑的戏剧。
"我们无法进入它的内部,
永远只能看见它的完整。"

不能破坏的整体,
假如失常的铁锤选中了它,
在四裂飞蹦的刹那间
它所隐匿的一切都不复存在,
犹如神灵的一声叹息。

大地上的火塘

大地上的火塘①,你是太阳
永不熄灭的反光。
当鹰的翅膀,把影子投向
群山的额头和母语的果实,
那飘浮的火焰
并非在今天才被母亲点燃。
大地上的火塘星罗棋布,
我们在它的旁边传授语言的密钥,
将生与死的法则
钉入永恒的黑暗,
这是铁的规律,无法更改,
循环往复绵延千年,
因为光明将引领我们穿过峡谷
它已经把另一扇门打开。
只有一道楼梯通往
天神恩体古兹②的圣殿,
在那里人和神的恩仇都将和解。

---

① 火塘:彝族人家中的传统火炉,炉架是三块石头,俗称为锅桩石。
② 恩体古兹:彝族神话中具有创造力的天神。

但大地上还有一个火塘,
所有的火塘都是它的子孙。
那三块锅桩石的眼睛
闪烁在穹顶的三个方位,
哦,太阳!所有人类和生命的炉灶,
你发着温暖的光,像老虎金黄的皮毛一样,
刺目的波浪,把天空染成了醉意的黄昏。
你是天空倒立幻化的群山、河流和森林,
是大地之上万物永不疲倦巡游的英雄父亲。
"在那天空和大地之间,我们的先辈
这样说,有底的木碗要赛过无底的金杯。"
——我们活着,是母语还在微光中倾诉。
——我们活着,是词根仍然在黑暗里闪光。
——活着没有理由,也许这就是理由!

吉勒布特①谣

哦，朋友，
最好玩的地方
吉勒布特觉谷②，
我和枣红色的马儿
黎明时就已经出发，
我去吉勒布特觉谷，
不为集市的热闹，
只想去与她见面。
泥姑依达河在歌唱，
它知道我心的秘密。
三片口弦揣在怀里，
弹拨它只为一个人。

哦，阿都力魁③，
爱情和自由
比生命更重要，
引领路途的星星，

---

① 吉勒布特：凉山彝族聚居区一地名。
② 觉谷：彝语意为宽敞的平原。
③ 阿都力魁：意指说阿都方言的彝人率性而勇敢。

闪耀在山顶。

哦，朋友，
最难忘的旅程
吉勒布特觉谷，
我和穿红裙的姑娘
眼睛里私订了终身，
我去吉勒布特觉谷，
不是找朋友喝酒，
只为倾心的表妹。
找一处僻静的角落，
送给她心仪的礼物。
补莫的候鸟成双飞，
情话可托付给它们。

哦，阿都力魁，
爱情和自由
比生命更重要。
引领路途的星星，
闪耀在山顶。

童年的衣裳

童年在很远的地方
向我招手,
哦,妈妈,你今天在哪里?
好像这一切就在昨天
火塘照亮了你的脸庞,
那一针一线的深情
缝进我节日的盛装。
在我的背上盛开着太阳的花朵,
在我的胸前能看到害羞的月亮,
羊头的面具在我的领口微笑,
波浪和彩虹为爱在那里歌唱,
不同的植物散发出大地的芳香,
蕨芨的纹路有多少生命的秘密。
哦,在火把节的时候,
有多少羡慕的目光
追随着我的衣裳。

童年在很远的地方
向我招手,
哦,妈妈,你今天在哪里?
你把千种丝线穿过油灯下的针孔,

你的手指比白色的羊毛还要柔软，
你为我缝制的衣裳
伴随了金色的童年，
也给我曾遭遇过的寒冷的人生，
带来过温暖。
哦，妈妈，
好像这一切就在昨天，
火塘照亮了你的脸庞。

甘嫫阿妞①

在彝人的火塘边,
是火焰照亮了我们,
还是你的目光?
美人中的美人,
你还把光明和自由的含义告诉了我们。
当我们用蜂蜜、星星和微风赞颂你的时候,
你的美若隐若现就在故乡的天边,
你不是黎明时的晨曦,
白昼来临就会消失;
你不是一支老去的歌谣,
每天都会有人把你吟唱。
哦,甘嫫阿妞,甘嫫阿妞,
人世间生死轮回,
唯有你永远美丽年轻。

在彝人的记忆中,
是万物唤醒了我们,
还是你的出现。

---

① 甘嫫阿妞:彝族历史上闻名遐迩的美丽女性,为自由和尊严献出了生命,至今仍被广为传颂。

女人中的女人，
你还让我们知道了尊严比生命更重要。
当我们用沉默、叹息和希望思念你的时候，
你的长裙的声音就在故乡的山冈，
你不是夜色中的露水，
太阳出来就会干枯；
你不是一个古老的传说，
每天你都是真实的存在。
哦，甘嫫阿妞，甘嫫阿妞，
你永远不会离去，
因为这世界还有彝人。

诗人之死

对我们古老的族群而言,
诗人遭遇的死亡与英雄的牺牲
并没有明显的差别,
只是这一发现,在今天才被我们说出。
你存在过,你的诗歌吟唱过,
还有什么比这一切更重要。
我看见天空的马鞍和梯子,
已经在你的脚下。
兄弟,出发吧!
紧紧地抓住鹰翅,迎着太阳,
诗人只能选择这样的方式。

火　焰

你来自天上,
吹动星星、太阳和失重的铁,
祖先的传说复活于词语灰烬的内核,
喉咙嘶哑的歌手千百次击打着看不见的皮鼓,
这声音却震耳欲聋。
多少英雄和诗人,
为自由、尊严和荣誉
选择过反抗与毁灭,
诚然他们的名字
已镌刻于不朽的谱系。
当我降生火塘边,
是你第一次照亮了
我的眼睛,
当我离开这个世界,
是你最后点燃了
回归的灵魂。
没有你生命中不会出现新的奇迹,
爱情的诺言会轻易地逃脱审判,
死亡再不会有最终复活的一天。
哦,火焰!
因为你的存在,滚动并燃烧着的星球

才把它最隐秘的语言
传授给了我们。

绝不会改变
——写给彦火

那些往事以及词语的疆场,
在这里被浓缩成时间深处的波澜。
每一个细节,
都犹如针尖上的火焰,
穿过了比这个世纪
还要长的千年。
或许,当一代人的记忆最终锈蚀如沙粒,
但我依然会执着地相信:
凡是被良知和纯真的灵魂所过滤的东西,
都会以不同的方式存活下来,
你不相信?
当然不会,但对我而言
相信疼痛
始终要比相信真理更真实。

湖

水之岸的蜂巢
存在,融合,不可及
滴落于棱镜的皱褶
悄然迎来了
神助之湖黎明的合唱。

蓝 色

哦，蓝色
时间之上的水墨
遁现于
无常的整体
高于绝对的真理
等待。风的颅骨
在更高之处隐形

万物纯粹
的镜子
透出铁锤的力量
当青色的上游
渐渐接近你的时候
词语的星星
将如同升起的天幕

那时的蓝色
更像沉睡的宝石
在天空和无限
的皱褶
在银子发亮之地

风的马匹
以英雄的铠甲
穿越了光的穹顶

这时的蓝色
比琉璃还要真实
没有野性的开始
让赤裸的
石头飞奔
接受云的雨滴
以远行流亡的灵魂
追寻鸟的幻影

那是谁的神笛
引领着千万只
宁静发亮的牛羊
那是谁的牧鞭
轻抚着父亲般
肃穆恒久的雪域

太阳的光辉
洒满鹰的羽翎
遥远的合声拍打着
所有的世纪
众神在静默祈祷

天宇的幸福与和平
所有的生命
都在纵情歌唱

那位吟诵的诗人
仍然背着斗笠
手指的琴弦落下了
黎明时纷飞的箭雨
不是别人在那里
等待，永恒的
昼夜轮回的诗篇

哦，不朽的蓝色
我只能用你的名义
在黎明前的风景里
为高原的湖泊命名
你这星球
无意中遗落的手帕
唯有最初的创造者
才会有这般
无与伦比的手艺。

酋 长

你的左耳
挂着蜜蜡,
太阳的黄金
引领着头羊,
纵横于今天
和消失的往昔。
青铜的额头
缀满光的羊纹,
唤醒
群山,唤醒河流,
唤醒日月,唤醒
沉睡的铠甲。
在英雄的
佩带上,找回
祖先的荣耀,
让词语的光,
在黑暗的反面
照亮所有的路。

哦,酋长!
只要你,还是

一种存在,
我就会听从命令,
把匕首
或短剑,刺入
那个不存在
的世界。

吉狄马加文学年表

1961年6月23日，出生于凉山彝族自治州昭觉县，祖籍布拖县，父母都是彝族。彝族有父子连名的习惯，其正式全名叫吉狄·略且·马加拉格。父亲吉狄伍合，曾任凉山彝族自治州布拖县首任法院院长，母亲尼子果果（马秀英），曾担任凉山彝族自治州医院副院长和首任卫生学校校长。

1969年7月至1974年7月，就读于凉山州工农兵学校读小学和初一。

1974年9月至1978年秋，在昭觉中学读初中和高中。这期间，读到了俄罗斯诗人普希金的诗集（中文版），对诗歌的热爱和钟情从此开始。

1978年9月至1982年8月，在西南民族学院中文系汉语言文学专业学习，获得文学学士学位。在学期间阅读中国和世界文学名著，特别喜爱屈原、普希金、海涅、泰戈尔、叶赛宁、马雅可夫斯基、兰斯顿·休斯以及中国现代诗人郭沫若、艾青、戴望舒、穆旦等人的作品，喜欢阅读契诃夫、肖洛霍夫、亚马多等人的小说。

1979年，在四川日报发表处女作散文《火把的性格》（四川日报1979年9月10日），在《星星》诗刊发表了《太阳 我捡拾了一枚太阳》和组诗《童年的梦》等作品。

1981年，加入四川省作家协会，这期间创作了散文

《木叶声声》，被选入《中国新文艺大系·散文卷》。

1982年8月至1991年6月，在四川省凉山彝族自治州文联工作，先后担任《凉山文学》编辑、主编以及凉山彝族自治州文联副主席、主席。

1985年，加入中国作家协会。在《星星》诗刊参与编辑工作一年，组诗《自画像及其它》获全国第二届民族文学奖诗歌一等奖。出版第一部诗集《初恋的歌》（四川民族出版社）。

1986年，当选第三届四川省作家协会副主席。参加《诗刊》社第六届青春诗会。《猎人的世界》获1984—1985年度《星星》诗歌创作奖。

1988年，被评定为副编审职称。组诗《吉狄马加诗十二首》获中国四川省文学奖，诗集《初恋的歌》获中国第三届新诗（诗集）奖，《自画像及其它》获首届郭沫若文学奖荣誉奖。应意大利蒙代罗国际文学奖评委会邀请作为中国作家代表成员访问意大利，这期间，作品被《中国文学》法文版和英文版介绍到国外。

1989年，被四川省人民政府授予"青年群英"称号和奖章。组诗《一个彝人的梦想》获中国作家协会《民族文学》"山丹"奖。

1990年，当选为第七届全国青年委员，出版诗集《一个彝人的梦想》（四川民族出版社）。

1991年，被国家教委、中宣部授予"八十年代优秀大学毕业生"称号。出版诗集《罗马的太阳》（四川民族出版社）。1991年6月至1995年4月，任四川省作家协会副主席。

1992年,《罗马的太阳》获首届四川省少数民族优秀文学作品奖。出版《吉狄马加诗选》(四川文艺出版社)和彝文版诗集《吉狄马加诗选译》(四川民族出版社)。

1993年,被评定为文学创作一级,诗集《一个彝人的梦想》获中国第四届民族文学诗集奖。

1994年,获庄重文学奖。

1995年4月至2006年5月,担任中国作家协会书记处书记兼中国作家协会办公厅主任、《民族文学》主编。

1998年,出版《遗忘的词》(贵州人民出版社)。

2000年,当选中华全国青年联合会第九届副主席。

2003年,当选第十届全国政协委员,出版《吉狄马加短诗选》(香港银河出版社)。

2004年,出版《吉狄马加的诗》(四川文艺出版社)。

2005年,当选中华全国青年联合会第十届副主席。出版保加利亚文版诗集《"睡"的和弦》(保加利亚,国家作家出版社)。

2006年,被俄罗斯作家协会授予肖洛霍夫文学纪念奖章和证书;率中国作家代表团访问波兰和保加利亚,保加利亚作家协会为表彰其在诗歌领域的杰出贡献,特别颁发证书。出版《时间》(云南人民出版社)、马其顿文诗集《秋天的眼睛》(马其顿,Makavej出版社)、塞尔维亚文版诗集《吉狄马加诗歌》。2006年5月至2015年2月,调任青海省工作,先后担任青海省副省长、省委常委、宣传部长。

2007年，创办青海湖国际诗歌节，撰写《青海湖国际诗歌节宣言》，担任金藏羚羊国际诗歌奖评委会主席。出版《吉狄马加的诗与文》（人民文学出版社）、《神秘的土地》（波兰，Adam Marszalek 出版社）、《彝人之歌》（德国，Projekt 出版社）。

2008年，创办中国（青海）世界山地纪录片节，创办青海国际水与生命音乐之旅，担任"玉昆仑"国际纪录片奖评委会主席。获得国际自然电影电视节组织颁发的"胜象奖"。

2009年，出版《鹰翅与太阳》（作家出版社）、韩文版诗集《时间》（韩国，文学与知性出版社）。

2010年8月，策划并组织"圣殿般的雪山——献给东方最伟大的山脉昆仑山交响音乐会"，其作品由作曲家郭文景谱曲，在海拔4300米的昆仑山口演出，被收入吉尼斯纪录。参加第十届香港（国际）诗人笔会，并获中国当代诗人杰出贡献金奖。

2011年，获《诗歌月刊》年度诗人奖。8月5日，由中央民族大学、中国社会科学院民族文学研究所等单位联合举办的"全球视野下的诗人吉狄马加学术研讨会"在中央民族大学召开，会上被波兰华沙之秋诗歌节授予荣誉证书。出版《吉狄马加演讲集》（四川文艺出版社）、《为土地和生命而写作——吉狄马加访谈及随笔集》（青海人民出版社）、西班牙文版诗集《时间》（阿根廷，Proa Amerian 出版社出版）。

2012年，策划并实施的青海湖国际诗歌广场及24座世界史诗雕像落成,在落成仪式上做了题为《诗歌见证历史和创造的工具》的致辞。获柔刚诗歌奖成就奖。应塞萨尔·巴列霍诞辰一百二十周年纪念活动邀请,被秘鲁特鲁西略大学授予荣誉证书及奖章。出版《吉狄马加的诗》(四川文艺出版社),由内蒙古师范大学中国少数民族作家研究中心编撰的《吉狄马加研究专集》(上、中、下)全三卷(作家出版社)出版。

2013年,出版《身份》《诗歌集》(均为江苏文艺出版社)、《火焰与词语》《为土地和生命而写作——吉狄马加演讲集》(均为外语教学与研究出版社)、西班牙文版诗集《火焰与词语》(哥伦比亚,Arte y Poesia Prometeo 出版社)。

2014年,当选为中国少数民族作家学会会长,在闭幕式上做了题为《面向未来的中国少数民族文学》的演讲。获彝族诗歌终身成就奖,获南非姆基瓦人道主义奖,长诗《我,雪豹……》获《人民文学》年度奖。出版《我,雪豹……》(外语教学与研究出版社)、俄文版诗集《黑色狂想曲》(俄罗斯,联合人文出版社)、英文版诗集《黑色狂想曲》(美国,俄克拉荷马大学出版社)、英文版诗集《群山的影子》(南非,Uhuru 出版社)、罗马尼亚文版诗集《火焰与词语》(罗马尼亚,Ideea Europeana 出版社)、阿拉伯文版诗集《火焰与词语》(黎巴嫩,Dar al Saqi 出版社)、法文版诗集《火焰与词语》(加拿大,Mémoire d'encrier 出版社)。

2015年,获第十六届国际华人诗人笔会"诗魂金奖"。

出版土耳其文版诗集《Gök ve Yer Arasinda》（土耳其，Tekin Yayinevi 出版社）、孟加拉文版诗集《火焰与词语》（印度，Naya Udyog 出版社）、德文版诗集《火焰与词语》（奥地利，Löcker 出版社）、波兰文版诗集《火焰与词语》（波兰，Dialog 出版社）、塞尔维亚文版演讲集《为土地和生命而写作》（波黑，Književni klub Brčko distrikt 出版社）、希腊文版诗集《火焰与词语》（希腊，Society of Dekata 出版社）、西班牙文版诗集《火焰与词语》（古巴，Union de Escritores y Artistas de Cuba 出版社）、斯瓦西里文版诗集《火焰与词语》（肯尼亚，Twaweza Communications 出版社）、亚美尼亚文版诗集《火焰与词语》（亚美尼亚，Vogi-Nairi Arts Center 出版社）。2015 年 3 月至 2021 年 12 月，担任中国作家协会副主席、书记处书记以及鲁迅文学院院长。

2016 年，获 2016 欧洲诗歌与艺术荷马奖。长诗《不朽者》获 2016 年度《十月》诗歌奖，获 2016 年度"李杜诗歌奖"金奖，获罗马尼亚《当代人》杂志"卓越诗人奖"，获罗马尼亚布加勒斯特作家协会诗歌奖。出版《从雪豹到马雅可夫斯基》（长江文艺出版社）、希伯来文版诗集《黑色狂想曲》（以色列，Pardes 出版社）、爱沙尼亚文版诗集《时间》（爱沙尼亚，Ars Orientalis 出版社）、英文版诗集《我，雪豹……》（美国，Manoa Books 出版社）、捷克文版诗集《火焰与词语》（捷克，Dauphin 出版社）、克罗地亚文版诗集《黑色狂想曲》（克罗地亚，Durieux 出版社）、加里西亚文版诗集《黑色狂想曲》（西班牙，

Galaxia 出版社)。

2017年,率中国作家代表团访问罗马尼亚和匈牙利,在罗马尼亚接受布加勒斯特城市诗歌奖。率团访问英国,获英国剑桥大学国王学院银柳叶诗歌终身成就奖。获波兰雅尼茨基文学奖。创办泸州国际诗酒文化大会,并担任"1573"国际诗歌奖评委会主席。参与创办成都国际诗歌周和西昌邛海"丝绸之路"国际诗歌周。出版《吉狄马加自选诗》(云南人民出版社)、《与白云最近的地方》(华文出版社)、《不朽者》(外语教学与研究出版社)、《献给妈妈的二十首十四行诗》(中国少儿出版社)、《与群山一起聆听——吉狄马加访谈集》(江苏凤凰文艺出版社)。四川人民出版社出版由耿占春、高兴主编的《吉狄马加的诗歌与世界》(上、下)。出版匈牙利文版诗集《我,雪豹……》(匈牙利,Magyar Pen Club 出版社)、英文版诗集《从雪豹到马雅可夫斯基》(美国,Kallatumba 出版社)、阿拉伯文版诗集《火焰与词语》(摩洛哥,La Croisee Des Chemins 出版社)、波斯文版诗集《我,雪豹……》(伊朗,Ostoore 出版社)、俄文版诗集《Ушедший в бессмертие》(俄罗斯,OGI 出版社)、拉脱维亚文版诗集《火焰与词语》(拉脱维亚,Jana Rozes 出版社)、西班牙文版诗集《从雪豹到马雅可夫斯基》(哥伦比亚,Arte y Poesia Prometeo 出版社)。

2018年,当选第十三届全国人大常委会常务委员、人大民族委员会委员。获波兰塔德乌什·米钦斯基表现主义凤凰奖。出版《敬畏群山——吉狄马加文学文化演讲》(安徽文艺出版社)、《吉狄马加诗选》(哈尔滨工程大学出版社)、《吉狄马加的诗（蓝星诗库）》（人民文学出版社)、彝汉双语版《吉狄马加长诗选》（四川民族出版社），出版英文版诗集《火焰与词语》（美国，University of Hawaii 出版社）、西班牙文版诗集《从雪豹到马雅可夫斯基》（智利，RIL 出版社）、格鲁吉亚文版诗集《火焰与词语》（格鲁吉亚，Saunje 出版社）、西班牙文版诗选《Un Aguila En Los Reinos De La Nieve》（洪都拉斯，Cisne Negro 出版社）、日文版诗集《身份》（日本，思潮社）。

2019 年，获齐格蒙特·克拉辛斯基奖章。在中南民族大学举办第一届吉狄马加诗歌及当代彝族作家作品研讨会。波兰诗人大流士·莱比奥达的波兰文版专著《恒久的火焰——吉狄马加的生平与创作》在波兰出版；获波兰波兹南"善心奖"，并接受证书以及由波兰雕塑家卡齐米日·拉法利克制作的雕像。出版多语种长诗集《大河》（中国青年出版社)、葡萄牙文版诗集《火焰的词语》（葡萄牙，Rosa de Porcelana 出版社)、法文版诗集《火焰的词语》（法国，La Passe Du Vent 出版社）、丹麦文版诗集《Det Blivendes Stifinder》（丹麦，Mellemgaard 出版社)、克罗地亚文版诗集《鹰的葬礼》（克罗地亚，Sandorf 出版社)、斯洛伐克文版诗集《火焰与词语》（捷克，Literature & Sciences 出版社)、尼泊尔文版诗选《Mother's Hand》（尼泊尔，Nirala 出版社)、白俄罗斯文版诗集《我是彝人》（白俄罗斯，科学出版社)、西里尔蒙古文和回鹘式蒙古文两种蒙古文版诗集《被埋葬的词》（蒙古国，Мөнхийн үсэр 出版社)、西班牙文版诗集《雪豹》（西班牙，马德里自治大学出版部)、希腊语版诗文集《从雪豹到马雅可夫斯基——吉狄马加诗歌和演讲选集》(希腊,Gavrielides Publishing House 出版社)。

2020年,被北京外国语大学聘请为名誉教授。获瓜亚基尔国际诗歌奖,这是该奖首次颁给亚洲诗人。出版《迟到的挽歌》(译林出版社)、多语种诗集《裂开的星球·迟到的挽歌》(外语教学与研究出版社)。武汉出版社出版由中南民族大学当代少数民族作家研究中心编撰的《群山与词语:南湖民族文学论坛·吉狄马加卷》。出版越南文版诗集《火焰与词语——吉狄马加诗集》(越南,丽芝文化出版公司)、立陶宛文版诗集《我,雪豹》(立陶宛,Kitos Knygos 出版社)、爱尔兰文版诗集《An Fheadog Fia》(爱尔兰,Munster Literature Centre 出版社)、西班牙文版诗集《从雪豹到马雅可夫斯基》(委内瑞拉,加拉加斯)、西班牙文版诗集《从雪豹到马雅可夫斯基》(厄瓜多尔,瓜亚基尔手术室诗歌出版社)、阿拉伯文版诗集《身份》(沙特阿拉伯,Bayt Alhekma 出版社)。

2021年,参加金砖国家人文交流论坛,并发表主旨演讲。长诗《裂开的星球》获《十月》诗歌奖特别奖,在委内瑞拉驻华大使馆被授予委内瑞拉"弗朗西斯科·米兰达"一级勋章。出版《吉狄马加文集(四卷本)》(安徽文艺出版社)、《诗人的圆桌》(江苏凤凰文艺出版社)、汉英对照版诗集《鹰的诞生和死亡》(中国文联出版社)。四川文艺出版社出版由耿占春、刘文飞、高兴主编的吉狄马加长诗评论集《世界的裂隙穿过诗人的心脏》,人民文学出版社出版由大流士·莱比奥达撰写的《永不熄灭的火焰：吉狄马加诗歌评传》。出版瑞典文版诗集《我是彝人》（瑞典，Smockadoll förlag 出版社）、荷兰文版诗集《Ik schrijf poëzie omdat ik een toeval ben》（荷兰，Poëziecentrum 出版社）、苏格兰文版诗集《Mither Tongue》（Vagabond Voices Glasgow 出版社）、葡萄牙文版诗集《裂开的星球》（葡萄牙，Nas Tuas Mãos Unip. Lda. 出版社）、匈牙利文版诗集《裂开的星球——吉狄马加诗选》（匈牙利，科苏特出版社）。

2022 年，与作曲家郭文景合作的大型音乐诗剧《大河》由中国歌剧舞剧院推出并在全国巡演。出版《火焰上的辩词》（广西师范大学出版社）、瑞典文版《裂开的星球》（瑞典，Smockadoll förlag 出版社）、《裂开的星球》（塞尔维亚，Čigoja štampa 出版社）。

2023 年，在昭通学院举办第二届吉狄马加诗歌及当代彝族作家作品研讨会。出版多语种长诗集《应许之地》（广西师范大学出版社）。

图书在版编目（CIP）数据

群山的影子 / 吉狄马加著. -- 武汉：长江文艺出版社，2024.1
ISBN 978-7-5702-2986-4

Ⅰ.①群… Ⅱ.①吉… Ⅲ.①诗集—中国—当代 Ⅳ.①I227

中国版本图书馆 CIP 数据核字(2022)第 231787 号

群山的影子
QUNSHAN DE YINGZI

策划编辑：沉　河	
责任编辑：王成晨　石　忆	责任校对：毛季慧
封面设计：祁泽娟	责任印制：邱　莉　王光兴

出版：长江出版传媒　长江文艺出版社
地址：武汉市雄楚大街 268 号　　邮编：430070
发行：长江文艺出版社
http://www.cjlap.com
印刷：湖北恒泰印务有限公司

开本：880 毫米×1230 毫米　　1/32　　印张：12
版次：2024 年 1 月第 1 版　　2024 年 1 月第 1 次印刷
行数：6831 行

定价：58.00 元

版权所有，盗版必究（举报电话：027—87679308　87679310）
（图书出现印装问题，本社负责调换）